囲碁が象る「西遊記」
―― 不立文字の世界をゲームと数学で読み解く

永松憲一

目　次

はじめに... 9

第1章　孫悟空の誕生（第1～7話まで）.................. 15
　1、物語の大要（1～7話）............................. 15
　2、孫悟空の名...................................... 19
　3、孫悟空と囲碁.................................... 22
　4、お釈迦様の手の寓話............................... 24
　5、孫悟空の卦の形................................... 28

第2章　三蔵法師の旅立ち（第8～13話）................. 33
　1、2つの流れ...................................... 33
　2、観音菩薩の登場（8話）............................ 36
　3、太宗幽冥界の旅（9～11話）........................ 38
　4、大法会：共時的な場（12～13話）.................... 43
　5、入子構造と三角州の数学：フラクタル................. 45

第3章　取経チームの形成（第14～22話）................. 51
　1、話の概要....................................... 51
　2、後天図方位図から................................ 54
　3、観音寺の段（16話と17話）........................ 57
　4、般若心経は何故烏巣禅師によって与えられるのか........ 58
　5、黄風怪の段（20話21話）......................... 63
　6、結団式（22話）................................. 66
　7、風地観を詳しく.................................. 69
　8、囲碁・意味のゲームとは？......................... 73

3

第 4 章　旅立ち（第 23〜31 話） 77
　1、四聖と人参果の段（23〜26 話） 77
　2、陰陽五行説の概念 78
　3、エントロピーと能と浄 81
　4、白骨夫人および黄袍怪の段（27〜31 話） 85
　5、奎星と易 87
　6、鎮子碁と黒番先手の碁 89

第 5 章　チームの再建（第 32〜43 話） 95
　1、物語の概要：通読すれば 95
　2、36 話宝林寺の段 99
　3、西遊記と梁武帝・簫衍（ショウエン） 104
　4、三蔵法師一家のチーム力 109

第 6 章　迷走そして中間目標への到着（第 44〜61 話）.... 115
　1、車遅国の段から通天河の段へ（44〜51 話） 115
　2、独角兕大王から西梁国の段へ（50〜55 話） 119
　3、にせ悟空の段から水火既済へ（56 話〜61 話） ... 121
　4、水火既済の卦 125

第 7 章　概観すれば 129
　1、牛魔一族の謎 129
　2、贖罪と和解の旅？ 132
　3、烏（ウ）と西（ユウ）の置換 134
　4、一行のチーム力と 6 耳獼猴 136
　5、陳家を再び 140

6、亀と龍馬... 143

　　7、魔方陣と碁盤の構造................................. 147

第8章　団結・古希の道へ（第62〜71話）............. 153

　　1、祭賽国の段（62話から63話）..................... 153

　　2、荊棘嶺の段（64話）............................... 157

　　3、孫悟空と猪八戒はなぜ仲が悪いのか。................. 160

　　4、小雷音寺の段（65話66話）....................... 163

　　5、稀柿衕の段（67話）............................... 166

　　6、朱紫国の段（68〜71話）.......................... 168

　　7、古稀の数論.. 170

第9章　八戒の浄（第72〜79話）....................... 175

　　1、卦としての八戒を訪ねる............................ 175

　　2、盤糸洞の段（72から73話）....................... 179

　　3、獅駝洞三魔王の段（74〜77話）.................... 183

　　4、比丘国の段（78話79話）......................... 189

　　5、55・70・89の不思議............................ 192

第10章　子と系の再会（第80〜83話）................. 195

　　1、地湧夫人の段（80〜83話）........................ 195

　　2、哪吒三太子はなぜ悟空を助けるのか.................. 198

　　3、"タジョ"とは何者か............................... 200

　　4、悟空の作戦.. 202

　　5、孫としての再統合の意味............................ 206

　　6、五角形と89の関係................................ 209

5

第 11 章　易の構造（第 84〜92 話）．．．．．．．．．．．．．．． 213
　　1、滅法国の段（84〜85 話）．．．．．．．．．．．．．．．．．．．．． 213
　　2、観音菩薩の警告に悟空はどう答えたか．．．．．．．．．．．．．． 215
　　3、南山大王の段・鳳仙郡の段（85 から 87 話）の概要．．．．．． 217
　　4、九霊元聖獅子怪の段（88〜90 話）．．．．．．．．．．．．．．．．． 223
　　5、易による解題．．．．．．．．．．．．．．．．．．．．．．．．．．．．．．．．．．． 225
　　6、玄英洞の段（91 から 92 話）．．．．．．．．．．．．．．．．．．．．．．． 230
　　7、木性の復活．．．．．．．．．．．．．．．．．．．．．．．．．．．．．．．．．．．．． 233

第 12 章　悟空の講教（第 93〜97 話）．．．．．．．．．．．．．．． 237
　　1、天竺国にせ公主の段（93〜96 話）．．．．．．．．．．．．．．．．． 237
　　2、うさぎ求婚のアナロジー．．．．．．．．．．．．．．．．．．．．．．．．．． 239
　　3、銅台府の段（97〜98 話）物語の概要．．．．．．．．．．．．．．． 243
　　4、寇員外は何者？．．．．．．．．．．．．．．．．．．．．．．．．．．．．．．．．．． 246
　　5、頌を遡れば．．．．．．．．．．．．．．．．．．．．．．．．．．．．．．．．．．．．． 248

第 13 章　大団円（第 98〜100 話）．．．．．．．．．．．．．．．．．．． 255
　　1、凌雲の渡．．．．．．．．．．．．．．．．．．．．．．．．．．．．．．．．．．．．．．． 255
　　2、寇員外の生涯が意味すること．．．．．．．．．．．．．．．．．．．．．． 257
　　3、風地観と弟子達の役割．．．．．．．．．．．．．．．．．．．．．．．．．．．． 260
　　4、再び、62 話へ．．．．．．．．．．．．．．．．．．．．．．．．．．．．．．．．．． 264
　　5、改めて"泰完"の意味を考える．．．．．．．．．．．．．．．．．．．．． 267
　　6、再び陳家荘へ．．．．．．．．．．．．．．．．．．．．．．．．．．．．．．．．．．．． 271

第 14 章　共時的な世界．．．．．．．．．．．．．．．．．．．．．．．．．．．．．．．．． 275
　　1、欄柯の歌が意味すること．．．．．．．．．．．．．．．．．．．．．．．．．． 275

2、無意識の探求：フロイト・アドラー・ユングの心理学.... 278

3、ソシュールの言語学から............................. 280

4、そしてサイバネティックスの登場..................... 283

5、ゲームが表す意識の構造............................. 284

6、改めて囲碁を考えると............................... 285

著者略歴... 289

はじめに

　もう 30 年も前になりますが、根来文生氏が唱える LYEE のソフトウェア理論に出会いました。よく弁当をもって昼食を一緒にしてお話を伺っていましたが、あるとき、本当に突然、この理論は囲碁による言語論であることに気づきました。確かに私達の言語観は将棋の駒のように言語ひとつひとつが働きを持ち、それを意味だと考えています。

　LYEE 理論の核心は存在論にあります。総ての存在は機能的・意味的両性を持つ。意味は機能の裏側に同時に在りそれは写像として意識界に移されたときはじめて意味を持つ。意味は意識界の中で、関係性（仏教で云えば縁起律）の中から立ち上がってくるものであって、機能的な構成物ではない。自然界で機能的存在として意味が成立することはない、との説です。

　そこから、LYEE 理論と比較しながらゲームを研究し始めました。

　西遊記が囲碁・将棋・麻雀と深い関係にあることに気づいたのは子供向けの本を読んで、貞観 13 年 13 話で始まり 14 年掛けての旅が麻雀の配牌と上がりの関係であることに気づいたことにあります。

　それをもとに考えて見ると、将棋の金将は 7 索と同じ働きであり、王将（9 の働き）を挟んで 2 枚が並立する形が 14 を表し、最初の駒の並びを見ると、飛車と角行があるところが 7 枚の駒、王様の居るところが 6 枚の駒になっていますので、6 を中心に 7 が並立する形になっています。

囲碁は最初は気がつきませんでしたが、パスカルの3角形と呼ばれる数表に出会い、そこに不思議な形で13と14と28（完全数）が表れていることに気づきました。

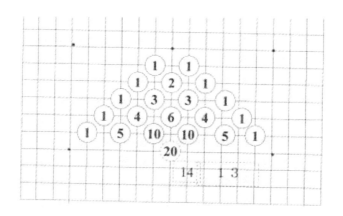

　西遊記は長い間その数学的な面白さに惹かれて、ゲームの構造論を補足するために拾い読みをする程度でした。コロナがはじまり長くなりそうな予感がして、少し大げさですが、ニュートンの故事に倣い、なにかまとまったことをしようかと思いたち、そのテーマに西遊記を選びました。

　そこで改めて"孫悟空"の意味の深さなど、新たな発見がありました。また随所に囲碁に関する記述があることに気づきました。たしかに、沙悟浄がくろんぼうと呼ばれ黒石、猪悟能が豚で白石、孫悟"空"が石がないところ目や地と考えると囲碁の物語によく符合します。旅の推進力である竜馬はルールや手筋と云っても良く、三蔵法師は

白・黒・空を包む碁盤に相当します。

　それで題を"囲碁が象（かた）る"としました。

　物語の詳細は本文に譲るとして、まずは物語の背景になっている三蔵法師の旅と物語の概要を以下に示します。

　7世紀中頃、三蔵法師玄奘（602～664）は遠くゴビ砂漠を越えてインドまで仏教の唯識派の教義を求めて旅をします。（実際の行程を下記に示します「人物　中国の歴史6」　長安の春秋より）

　西遊記はそれを題材として、語り継がれた物語です。実際には往復の旅行以外にインドで師について仏教を学び、また全国を廻っていますので、全部で16年（629～645）かかりました。その後は持ち帰

った経典の翻訳に生涯をささげます。また、その見聞碌を表し、西域の様子を明らかにしました。インドに行った僧は他にもいましたが、行程がハッキリしていたことや、その経典翻訳の業績が抜群であったことなどが、西遊記として語り継がれた理由でありましょう。これが今の西遊記として定まった物語になるのは明代といいますから、おおよそ900年かけて物語はできあがったことになります。

　長安を出るときは出国が許されていませんでしたから、いわば密出国のような形でした。したがって、大変な苦労をしますが、途中の国でいろいろ庇護を受けました。高昌国の王・菊文泰にお世話になり、天山山脈を越える装備や通訳を付けてもらい、帰国時には再度立寄り3年は滞在するような約束もありました。

　三蔵法師はインドの東カーマルーパに行ったとき、ミャンマーのパモー経由により2ヶ月で長安に帰れるという話を聞いていますが、約束を守り来た道を帰ることにします。途中で高昌国は唐によって征服され亡びたことを聞き、南路に道を変えて帰国します。

　物語は全部で100話になっていますが、その最初の7話は孫悟空の誕生に関わる物語です。第8話は釈迦の命によって、観音菩薩が西国に行く僧を探しに行きますが、途中でその僧のお供を決めます。それが孫悟空・沙悟浄・猪悟能（八戒）と三蔵法師が乗る龍馬です。そのあとの12話までが、西国に取教に行く人を探す話ですが11話ではじめて三蔵法師が登場します。13話が旅立ちでその時はひとりですが、14回で孫悟空に、15回で竜馬に、18回で猪悟能に、22回で沙悟浄に会い、メンバーが揃います。孫悟空が猿で猪悟能が豚で馬

が竜の化身ということははっきりしていますが、沙悟浄はその本性もよく分かりませんし、登場回数も少なく謎めいています。その後は延々と妖怪・魔物と戦いながらお釈迦様のところまで到着します。行程が10万8千里、時間は14年、その間に会う災難が81です。孫悟空が雲に乗って飛ぶのがやはり10万8千里、仙人の下で修行して得た技が72です。なお、猪悟能はどこで得たかは定かではありませんが、36の術を持っています。

　10万8千里は108で、暮れの鐘の数です。普通、煩悩を表すとされています。108は正5角形の頂角であり、72は内角ですから、西遊記は五角形と深い関わりがあることになります。

　囲碁は日本だけで碁・ゴと呼ばれます。三蔵法師の一行は悟一門と云われますが、碁一門でもあるのでしょうか。

　囲碁を通して三蔵法師一行の旅を追いかけてみましょう。

第1章　孫悟空の誕生（第1〜7話まで）

1、物語の大要（1〜7話）

　この部分はいわば導入部分ですが、"創造の秘密を知りたいなら、この「西遊記」を読みたまえ"との高らかな宣告の詩で始まります。

　世界誕生の物語があり、花果山の頂上の石に太陽がそそぎ石猿（イシザル）が生まれます。石猿は生まれると金光を放ち、それが天の玉帝まで届きます。石猿は小さな体・質量という意味でしょうが、そこにエネルギーを表す光が同時に生まれます。

　ここは東勝神州の海の外、傲来国のお話です。猿の仲間に入り、滝の先に洞穴（名は花果山福地水廉洞）を見つけ一同そこに落ち着きます。その暮らしの場を見つけた功績により猿仲間から"美猴王"に推挙されます。

　楽しく暮らすうちに道心が芽生え仙人を目指す旅へ出ます。筏をこぎ海を渡り、南贍部州に到着、人に出会い作法を学びます。そうこうしているうちに、既に8・9年、さらに筏で海を渡り西牛貨州の陸に上がり幽玄な山を登ります。そこに欄柯の歌（囲碁の別名）が聞こえ、歌に引かれ木樵に声を掛けます。母親と2人で暮らす貧しい木樵、隣に住む神仙に教えて貰った満庭芳を歌っていたのでした。その木樵の導きで須菩提祖師（霊台方寸山の斜月三星洞に住んでいます）の弟子として修行します。最初に名を付けて貰ったのが悟一門の孫悟空という名ですが、孫が稚児ゆえと説明されていますが、空には言

及していません。

　石の上にも 3 年、法性にも通じ根源も会得します。孫悟空はかなりの自信を持ちますが、祖師からはさらに 3 つの災い（雷・風・火）を防ぐ大事があると言われます。その時の悟空の云いようです。

　"お師匠様そのことばはまちがっております。いつもうかがっておりますように、「道高く徳盛んなれば、天と寿（ヨワイ）を同じゅうす」とか「水火既済なれば、百病生ぜず」とかいうではありませんか。3 つの災いなどあるはずがございません"

　まだ恐ろしい災いから逃れるための修行が必要だとされ、さらには觔斗雲でひととびする術や 72 の変化の術を学びます。

　あるとき、仲間に術をひけらかした罪で破門され、20 年ぶりに水廉洞に帰ります。

　そこで仲間達が水臓洞に住む混世魔王の侵略に遭い、危機的な状態にあることを知ります。混世魔王を奪った刀で真っ二つ。切られた魔王の正体が明かされず、果たして死んだかも分からないのが気に掛かるところではあります。

　猿仲間のコミュニティを再建し、傲来国と呼ばれる人間界から武器を調達します。部隊を編成し訓練に励み、コミュニティも猿族から広く動物界にまで広がりました。

　自らも龍王の所に行き如意金箍棒や鎧・冠・履物を強奪します。

　組織も整い軍事は部下に任せられるようになりました。近隣の 6 兄弟（自分を入れて 7 兄弟）との交流を深め楽しく暮らしていましたが、その仲間達とは物語の中で、深い因縁で付き合うこととなりま

すが、それはさておき。

　ある時夢の中で幽冥界から使者が来ます。幽冥界には生死簿があり、342才で寿命が尽きることになっているのでお迎えに来たというわけです。

　怒り心頭にきて大暴れ、閻魔の下にあった帳簿の猴族全部を墨で塗りつぶしてしまいます。これにて猴族は永遠の寿命を手に入れるのです。それにしても、あっという間の342年でした。

　龍王や閻魔は天の支配者である玉帝に美猴王の暴虐を訴えます。玉帝は成敗することも考えますが、太白金星の助言で穏やかに受け入れることとし、最初は弼馬温という馬を飼う役職につけます。その時は喜び勇んで、馬の世話をやきますので天馬たちはまるまると太ってよくなついています。ある時、弼馬温の役職は九品にもはいらない、最も低い役職であることを聞いて、もうカンカン、職場放棄をして水簾洞に戻ります。その時、独角鬼王が2人きて、弼馬温にお祝いの品とともに挨拶です。前部総督先鋒に任じましたが、その提言で斉天大聖と名乗ることになり、旗を作って高々と掲げます。

　職場放棄を聞いた玉帝、天兵を派遣して捕らえようとします。その時立候補したのが托塔李天王と三男の哪吒三太子です。玉帝は2人を大将にして兵を派遣しますが、先鋒の巨霊神は敗れます。ついで哪吒三太子も激闘しますが、後ろから切りつけられ腕を負傷、その勢いを恐れた哪吒三太子は復命して悟空が望む斉天大聖としてはどうかと提言します。玉帝はしぶりますが、太白金星が名はあっても実がない官職を作って迎える案を奏上し、斉天大聖府をつくって迎えるこ

とになります。太白金星は水廉洞まで赴き、悟空を斉天大聖として迎えます。

　それにも関わらず、その後も暴虐無人の行いは続き桃園を荒らし、西王母が開くパーティに潜り込んで開始前に珍味佳肴と美酒を散々食らい荒し、ついでに太上李老君（老子を源とする道教の神）が練り上げたばかりの金丹を食べてしまいます。

　その訴えを聞いた玉帝はかんかんに怒り10万の軍隊を派遣し、天羅地網を18個敷き水廉洞をびっしりと包囲し斉天大聖を捕らえようとします。激しい戦いがあり、独角鬼王や72洞の妖王達は捕まえられますが、四健将やサル軍団は水廉洞に隠れて無事です。

　そこに観音菩薩と太上李老君が登場、玉帝を助けます。玉帝の甥御に当たる顕聖二郎真君の起用を進言します。玉帝は大力鬼王をつかわし、出陣を要請します。二郎真君は梅山6兄弟を呼び、鷹と犬をつれて水廉洞に向かいます。

　4健将やサルの軍団は崩壊、悟空と二郎真君の戦いも激しいものがありますが、劣勢を意識した悟空は逃げに掛かります。激しい追いかけっこ、二郎真君の廟まで行きまた水廉洞に戻ります。そこで観音菩薩と太上李老君が相談して、太上李老君の金剛琢を使うようにします。ついにつかまえられた悟空、叩いても切っても不死身、困った玉帝は太上李老君の進言を容れて、八卦炉で焼き殺すことにします。

　ところが悟空は巽（ソン）の方角（風上・東南の方向）に難を逃れ、7749日間金丹焼成の日を待ち、八卦炉を蹴破り飛び出します。かえって、暴れた時獲得した聖桃・御神酒・金丹が焼成して"火眼金瞳"

を得て不死身の体になります。

　またまたドンパチ、天の軍隊も手に余る状態でありましたが、釈迦如来が玉帝を助けるため訪れ、孫悟空に賭けを提案します。

　孫悟空の望みは玉帝の地位（斉天・テンニヒトシイ大聖）を得ることにありましたので、釈迦の手を超えることができれば、明け渡す約束です。喜んだ孫悟空はお釈迦様の手に乗り觔斗雲を飛ばして走ります。5本の柱を見つけ、斉天大聖がここまで来たという字を書き、犬に習っておしっこを懸けます。それはお釈迦様の5本の指であったことがわかり、あわれ五行山に閉じ込められ、14話迄500年の時をそこで過ごし三蔵法師を待つ身となります。

　一言で云えば、上記のような孫悟空の成長談ですが、汲めどもつきぬ深い内容が込められています。

2、孫悟空の名

　孫悟空は石猴として生まれます。さるの王としての美猴王を経て、須菩提祖師に名を付けて貰います。その時も"さる"に基づきますが、その時のさるは猢猻です。獣偏を取って胡は古い月すなわち陰ゆえ育たないとして外し、孫を採用します。系は女の子、子は男の子、まだ男女の区別がつかない稚児ゆえにふさわしい名としました。そしてまた、12門の内の悟一門に属する悟空とします。

　それを受けて美猴王は水簾洞に戻って"名は孫、法名は悟空"と名乗るのです。空はからっぽ、あるべきものがないと言う意味です。仏教ではペルシャから来た4元思想に空を入れて五大の思想としまし

た。すなわち、この世の根本的な存在に火・風・水・地・空を見ました。その空から数学的な概念として 0 が発見され、それはアラビアを経由してヨーロッパに流れ 1 に加えて 0 も数の基数（素数にも合成数にも入らない数）とされるようになります。さらに微分・積分の概念が発見され、極値が生まれました。

　そのように空を 0 およびそこから生まれた極値と考えたとき、美猴王は美を微とし、獣偏を取り候を時間（候は季節ですが、更・劫など含めコウは時間を指します）とした時、美猴王は微かな時間微候王になり、時間の極値を表すことになるのです。

　その対ともなるべき空間を考えると、斉天大聖が点に等（斉）しい大聖を意味していることを発見します。点は位置だけあって広がりがない空間的な極値です。

　0 を極値として考えると、そこに無限が考えられ、質量的な無限・時間的な無限が現れます。仏教経典の中にも例え話として無限が語られますが、西遊記の中にも潜んで物語を支えます。

　それでは時間の空と空間の空が離れて名付けられているのは何故でしょうか。その間に生死簿があり、龍と馬の物語があります。そのゆえんを考えておきましょう。

　1 話から 3 話までは水簾洞の話で、いわば、洞窟の中で空間的には閉じられ、時間と共に力が蓄えられる物語です。ちょうど子宮の中で赤子が成長し生まれ出ずる時を待つような状態と云えましょうか。生命簿はいわば蓋で、それを破って世に出ることとなります。蓋は 342 才となっていますが、342 は 19×19－19 となる数で、ちょうど

碁盤の目の数から中央の1路・河や鏡映対照軸・を引いた数になります。碁のゲーム自体その1路からにじみでる力を競うゲームであるのかもしれません。

　ここには個である石猿から猿仲間さらには動物へとコミュニティが生まれ、広がります。武器を整え、力を蓄え、無限の命を得ようとする物語は私達が国や会社のような組織を作り永遠の命を得ようとする活動によく似ています。自然人から法人とは法を介して永遠の命を得る人間界の試みです。

　それはさておき、龍王のところで如意金箍棒と鎧・冠・履を強奪しますが、これは龍の力とペルソナを得た意味です。乾（ケン）の卦に潜龍の喩えがありますが、力を貯め、まさに頭を起こす図です。

　孫悟空は弼馬温の役職を得て馬の世話をしています。龍が蓋を開けたところに馬が待っているわけです。馬は総てが陰の卦・坤（コン）の象徴です。

　龍が蓋を開けて出たところに馬が待つ図ですから、陰の卦に最初の陽爻が指し込む震卦が誕生します。震卦は雷であり、雷は稲の夫・稲妻であり豊穣の象徴、また音から新（アラタ）と云われ、人（ジン）とも云われます。すなわち、人の場・創造の場に赤子が生まれ、斉天大聖すなわち空間的な極値・点が生まれます。

　そしてまた、震卦の鏡映対称の卦が巽卦（風を表す卦とされる）ですから孫悟空は巽悟空でもあるのです。（前頁に震卦と巽卦の八卦の

爻を示します）いわば、龍をおぶった嬰児・孫が人の場に生まれると云えましょうか。

　どんぱち戦いながら聖なる桃や御神酒・丹を得て八卦炉で焼かれることによって火眼金瞳を得て不死身の体になりますが、これは錬金術の過程を示しています。もともと金光を持つ石猴でしたが、錬金術の過程を経て、情報のセンサーともいうべき火眼金瞳を持つ生命体へと変貌しているのです。

　巽の方角で難を逃れた孫悟空は7749日の練丹の過程を経て八卦炉から飛び出します。その着地した場所は震卦ですから、震卦の上に巽卦が乗った64卦"風雷益"が孫悟空となります。

　孫悟空は空から乾卦・震卦・風雷益卦を身につけた巽（ソン）悟空でもあるのです。

　また、時に孫悟空は雷と呼ばれますが、震卦（雷）と巽卦は鏡映対称の形を持った卦ですから、巽悟空は雷のそっくりさんというわけです。

　この7話の中には石猴が小さな時を得て、それが乾の卦・龍の力と震卦・人（ジン）の場を得て、小さな空間的な実態が生まれ錬金術の過程を経て風雷益になり、孫悟空になる物語が隠されています。

　それにしても、火眼金瞳・2眼を得て不死身になるのは囲碁の石が2眼で不死身になるのとよく似ているのも不思議なことです。

3、孫悟空と囲碁

　須菩提祖師の名付けの場面には面白いアナグラムが隠されていま

す。姓は？と問われて性などありません。と"セイ"を置き換えます。この忄（リッシンベン）は心を指しますので、名としての姓の質問に対して、怒りや恨みというような心の性質は"ない"と答えます。祖師はそれを更に男女の性に置き換え、子は男の子、系は女の子、まだ男女の区別がない名として"孫"を与えます。

　ここは斜月三星洞、乚に点が3つで心を表す場所です。その心性としての無垢・空・との答えは須菩提祖師にとっても嬉しいものであったことでありましょう。

　系は糸から生まれた文字で、そこから関係やつながりの意味が生まれます。髪を結うことから、あるいはかんざしを指す笄（ケイ）から女の子としたのでしょうか。

　囲碁の石は日本では石と呼ばれますが、中国では子（シ）です。子は12支ではねずみが当てられていますが、子は今でも原子や分子として使われているように、最も小さい単位ともなるべき"もの"を指します。西遊記で最初に生まれる石猴も子です。

　石の間の関係は盤上の罫線によって示され、碁は烏鷺（有路）と呼ばれます。そう考えると次に示すような盤上の石の形が子と系が合わさった"孫"ということになります。石は白と黒があり、関係も時間と共に手順で変化する関係が因果、局面で静止している石の関係が縁です。仏教では因果律と縁起律とも呼ばれますが、しばしば通時と共時とも云われます。

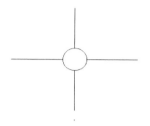

　この図は縦線が天、横線が地、中央の交点が人を表し、天・地・人3才と云われます。

　この図を十字架と見ると、西洋では4とされますが、東洋では中央の点を入れて五とします。西洋では聖数は4ですが、東洋では5です。

　数字の五は音から無・巫・互（巫女の装身具に使う2枚貝を表す）・午（時を計るトーテムポールを表す）に通じ、神に通じる数ともされます。また、才を冠とした字に存在（12支の子と10干の土が才に包まれた字形）がありますが、この孫が表す碁盤上の石と罫線の姿には囲碁の持つ深い意味が隠されています。

4、お釈迦様の手の寓話

　7話をたどって読むと、1〜7話と1〜3話までの話がよく似た構図であるように思えます。西遊記全体の話が1〜7話と同じ構図であるなら、全体の中に相似的な1〜7話が入り、その中に1〜3話が入り、またその中に霊台方寸山の話が入る、いわゆる入子構造を持った物語になっていることになります。

第1章 孫悟空の誕生(第1〜7話まで)

　そのような相似的な構図であるとすると、1〜7話の最後にお釈迦様の手から孫悟空は飛び出せない寓話がありますが、それは1〜3話の生命簿に該当し、何らかの形で蓋の役割を象徴しているはずです。このような観点からこの寓話を考えて見ましょう。
　少し数学の力を借りて、"空"集合を考えます。

	銀将	桂馬	香車	
①	含む	含む	含む	銀・桂・香の組み合わせ
②	含む	含む	含まない	銀・桂の組み合わせ
③	含む	含まない	含まない	銀のみの組み合わせ
④	含む	含まない	含む	銀・香の組み合わせ
⑤	含まない	含む	含む	桂・香の組み合わせ
⑥	含まない	含む	含まない	桂のみの組み合わせ
⑦	含まない	含まない	含む	香のみの組み合わせ
⑧	含まない	含まない	含まない	何も含まない組み合わせ(空集合)

　集合論は数を基礎づける理論とされていますが、ある集まりを1対1対応で照合する考えが基礎にあります。運動会の玉入れで白と赤の玉を数える方法です。囲碁の地の勘定もこれによっています。
　果物という集合の中にあるリンゴやミカンのように集合を構成する要素(これを元といいます)の集まりを部分集合と云います。囲碁では黒石と白石しかないので、将棋の駒で示しましょう。6枚では多くなりますので、銀将・桂馬・香車だけで上に示します。
　このように、3つの元を持つ部分集合の組み合わせは2の3乗で8

つあることになります。8つの中にひとつの元も含まない集合がありますが、これが空集合です。

　この関係は2のn乗（nは元の数・ここでは3乗）として表されます。この数理はエントロピー（エネルギーの質の悪さを表す単位）であり、情報の単位・ビットとされますが、べき乗と呼ばれます。

　ここで生まれた8つの部分集合はまた、この部分集合を元とした集合を産み出します。すなわち、2の8乗256です。これをべき集合といいますが、べき集合はまたそれを元としたより大きな集合を用意します。

　総ての集合には"空"集合がありますが、その性格を見ておきます。次の3段論法を考えます。
　＊人は死すべきものである
　＊ソクラテスは人である
　＊ゆえにソクラテスは死ぬ
　この命題を考えます。

　論理数学では包摂という概念で真偽を判定するとします。人と死すべきものを比較すると、死すべきものの方が大きく、従って、人は死すべきものに収まります。また、ソクラテスは人より小さいので人に収まります。したがって、ソクラテスは死すべきものに収まるはずだから、この命題は正しいとされます。

　しかし、大きさとしてこれを考えるとおかしなことに気づきます。ソクラテスと私と比較すると、人としての共通項はありますが、多くの差異もあります。そう考えると、"人"は多くの人の共通点ですか

ら、公約数であることに気づきましょう。ソクラテスが 8 で、私が 4、貴方が 6 とすれば公約数は 2 になります。"人"はソクラテスはもちろん総ての人より小さい 2 なのです。同じ関係が死すべきものと人の間にもあります。

　このように集合論や 3 段論法を考えると、数の世界では小さい数が大きな数を包みます。したがって、空集合こそは最大の集合であることに気づきましょう。そしてそれが総ての集合にあるのは、集合を包んでいる輪郭であるからです。

　ある集合は無限の彼方まで広がっていきますが、孫悟空が飛んだ悟一門の無限はお釈迦様の手の上にある無限を超えることができるか、というのがお釈迦様と孫悟空の賭けのテーマです。

　無限は限定されないもの、数えられないものですが、昔から大変やっかいなものと考えられていました。アリストテレスはそれを可能性の無限と実在する無限に分けて、実在する無限はないとしました。もしあるとすれば、"部分は全体より小さい"とするユークリッド幾何学の公準に反する事態があることになるからです。

　その限界を突破して無限にも大きさに差があり演算可能な対象であることを発見し、系統的に研究したのがゲオルク・カントール（1845〜1918）です。

　カントールは上記の集合論をもとに無限の世界に分け入ります。無限でも実数の集合の方が有理数の集合よりも大きく、実数の集合でもべき集合の方がもとの集合より大きいことを証明します。

　有理数の集合と実数の集合の間にはそれ以外の無限集合はなく、

有理数の集合から実数の集合へ、さらにべき集合へと無限集合はきれいに並んでいると信じ、それを連続体仮説と呼んで懸命に証明しようとしますが、遂に果たせませんでした。

　それがひとりの天才を狂気に導きますが、彼自身は最大の無限は人が触れることができない無限であることを神の存在証明として自らの慰めとしました。

　孫悟空は悟一門の空集合を武器にお釈迦様の無限に挑戦して敗れ、地中に潜って再生を待つことになるのです。

　空集合が輪郭であると考えた時、この章の表題に"五行山の下にて心猿を鎮めること"と書かれていますが、孫悟空が心猿・真円とされているのに驚きます。

　また、ここで使われたべき乗数はその逆数が対数として置き直されました。これはエネルギーの不可逆性・エントロピーの単位として、また情報の単位ビットとして大活躍する事になるのですが、頭の隅にでも置いておいて頂ければ……。

5、孫悟空の卦の形

　震（雷）卦に巽（風）卦が乗った形を次に示しますが、これが風雷益という卦です。この卦は下に厚く、民が喜び、大川を渡るに良い卦とされています。巽悟空が地底に潜って待ち、取経の旅でいくつかの河を渡り進めるには良い卦といえるでしょう。

さらに、この卦の上に五行山がのしかかってきます。孫卦が山をかつぐ形がその右に示す山風蠱（コ）と呼ばれる卦です。五行山に押しつぶされている形と考えれば風雷益の下には更に震卦が埋もれている形と考えても良いのかもしれません。

風雷益　　山風蠱

この形で500年7話を待ち、14話で三蔵法師と会うことになります。

2つの卦の内容を以下に示します。（易経：岩波文庫より）

卦には全体の卦と爻ごとの卦があります。全体の卦が卦辞、爻ごとの卦が爻辞です。それに後世の人（孔子ではないかとの説があります）が意味づけしたのが彖（タン）伝と象（ショウ）伝です。

原文は漢字で、意味するところを解するのは難しいのですが、3000年の重みのある言葉なので、そのまま訳した文を表示します。

風雷益（益は上を損して下を益すの意、上の卦第3爻が陰下卦第3爻が陽を上が損して下を益すの卦象とする）

卦辞：易は往くところあるに利ろし。大川を渉るに利ろし。

（彖伝）：益は上を損して下を益す。民説ぶこと疆（カギリ）なし。上より下へ下る、その道大いに光（アキラ）かなり。往くところあるに利ろしとは中正にして慶びあるなり。大川を渉るによろしとは木道すなわち行なわるるなり。益は動きて巽（シタガ）い、日に進むこと疆（カギリ）なし。天は施し地は生じ、その益すこと方なし。およそ益の道は、時と偕

（トモ）に行なわる。

（象伝）：風雷は益なり。君子もって善を見ればすなわち遷り、過ちあればすなわち改む。

爻辞：（初は一番下上は一番上、下から上へ順次、六は陰爻九は陽爻を指す。）

（初九）：もって大作を為すに利ろし。元吉なれば、咎なし。象に曰く、元吉なれば咎なしとは、下は厚くせざるなり。

（六二）：あるいはこれを益す。十朋の亀も違う克（アタ）わず。永貞なれば吉なり。王もって帝に享す。吉なり。象に曰く、あるいはこれを益すとは、外より来るなり。

（六三）：これを益すに凶事をもってすれば咎なし。孚ありて中行なれば、公に告ぐるに圭を用う。象に曰く、益すに凶事をもってすとは、固くこれを有すなり。

（六四）：中行なれば公に告げて従わる。もって依ることを為し国を遷すに利ろし。象に曰く公に告げて従わるとは、益さんとするの志あるをもってなり。

（六五）：孚ありて恵心あり。問うことなくして元吉なり。孚ありて我が徳を恵とす。象に曰く、孚ありて我が徳を恵とすとは、これを問うことなきなり。我が徳を恵とすとは、大いに志しを得るなり。

（上九）：これを益すことなし。あるいはこれを撃つ。心を立つること恒なし。凶なり。象に曰く、これを益すことなしとは、偏辞なればなり。あるいはこれを撃つとは外より来るなり。

八卦の組み合わせから、意味を取ります。風は動、雷は入とされます、入りて動く、動意を表す卦です。巽は木の性とされ、素直・従う意も見ます。
　爻の関係では八卦の真ん中の爻を中とし、一番重要視されます。五（下から5番目）は奇数なので陽であれば正、これを中正と云います。その正応関係が二（下から2番目）これは偶数ですから陰であれば正、したがって、この卦は5と2両方が中正ですから吉が強い卦象です。これを孫悟空の卦とすれば、六五が当人で六二は原因や上司・部下の関係で、三・四は周りの環境、初は事前上は事後の関係に当たります。
　この卦を見れば、孫悟空の活躍が大いに期待されます。ただ、上九の卦には慢心・やり過ぎと、思わぬところからの攻撃に注意とあります。
　また、関係では陰・陽あるいは陽・蔭は順の関係、蔭・蔭あるいは陽・陽の関係は不順の関係として読み解きます。

山風蠱（蠱は食物の皿に虫がわく意、山の下に風が吹き溜まる象形）
　卦辞:蠱は大いに亨る。大川を渉るに利ろし。甲に先立つこと3日、甲に後るる事こと3日。
　（象伝）:蠱は剛上りて柔下る。巽（シタガイ）いて止まるのは蠱なり。蠱は元いに亨りて天下治まるなり。大川を渉るに利ろしとは、往きて事あるなり。甲に先立つこと3日、甲に後

るる事こと三日とは終われば始めあり、天行わるなり。
　（象伝）：山下に風あるは蠱なり。君子もって民を振（スク）い徳
　　　を養う。
　象辞：(爻ごとの辞）略

　甲に先立つこと3日とは辛（カノト）を指し、音のシンから新た、また、刑の刺青に使う針から、生まれ出ずる痛みを表します。五行山の下で500年待つ孫悟空が子宮がはらみ、生まれようとしている図を卦として表します。ここに大きな壁があり、そこから生まれる孫悟空を三蔵法師が受け取ろうとしているのです。

　遅れること3日とは丁（ヒノト）を指し、丁寧の意としています。新しいことが生まれれば丁寧に扱えば吉という意味です。

　果たして三蔵法師はどのような準備をして孫悟空を迎えに来るのでしょうか。

第2章　三蔵法師の旅立ち（第8～13話）

1、2つの流れ

　第7話までに孫悟空が誕生し成長し五行山で復活を待っていますが、それが実際の旅に参加するのが14話になります。8～13話は孫悟空が再生する場の準備に相当します。1～7話で云えば342の蓋の先に弼馬温・馬が待っていましたが、その震卦の場です。

　孫悟空が壁を破って飛び降りる所・場が作られるわけですが、碁で云えば盤、旅に譬えれば子舟に相当しましょう。それが生成される物語として2つの流れがあり、その合流点に大法会がありますから、大法会は河の合流点三角州に譬えられるような場です。

　そこから三蔵法師が生まれ、3つの宝を蔵する舟として、劉伯欽が出迎える両界山から旅を始める物語になっています。

　ひとつの流れは、河と山を巡っての自慢話から始まり、老龍が魏徴に碁盤上で首を切られる話に至ります。老龍の恨みから太宗が死んで冥府に送られますが、冥府を旅してこの世に戻る死と再生の物語があり、太宗が殺した多くの死者に出会い、それを弔う大法会を開催する流れです。

　この中には2つの小さなエピソードが乗っていますが、それはさておき。

　もうひとつはお釈迦様が目的地にいて、そこへ向けて取経の旅をする高僧とお供の準備をしますが、それを引き受けるのが観音菩薩

です。行程を遡りお供の沙悟浄・猪悟能・孫悟空と竜馬を準備・配置しますが、肝心の取経者を探し３宝を渡すのが大法会です。

　大法会は貞観13年己巳（ツチノト・ミ）の年、月は９月甲戌（キノエ・イヌ）、日は３日癸卯（ミズノト・ウ）、場所は化生寺とされます。

　いわば目的に沿って引かれている舟と死と再生によって生まれて押されている舟という２重の位置にある舟、それが三蔵法師です。

　場所は化生寺、いかにも生成・創造の場にふさわしい名です。時については干支にも深い意味が隠されていそうに思いますが、それはさておいて、貞観13年の意味についてお話ししてみましょう。

　13は欧米では不吉な数字として、死刑台の階段に使い、ホテルの部屋番を避ける数とされています。一方では米国の１ドル紙幣（これはワン・統合の象徴として独立以来変わらない図柄となっています）の裏にある国璽（国の印鑑）にはあふれるほど13があります。独立した時、州の数は13でしたので、国旗の五芒星は13個でした。ピラミッドの階段やオリーブの葉や実などです。

　シャリフのバッジ、軍隊の徽章、ペンタゴンの建物、独立記念塔など一方には５の数字があふれていますが、米国にとって５は聖数であるのです。５は２＋３ですが、13は２の２乗＋３の２乗です。13も５に通じる数として同じく聖数であるのです。

　西遊記に於ける13の意味を干支から解いてみましょう。

　仏教ではペルシャからきた４元思想に空を入れて５大思想としています。一般には火・風・水・地・空としていますが、これは世界は

これらの要素によって成り立っているとする思想です。それに対して中国の賢人達は天体を観測して 5 つの星が地上に反映して諸物が生まれたとしました。月と日に挟まれた火星から土星です。その中央に位置する地球は一番遠い土星と重なるとして土と置きました。土は中央であり、かつ外周・輪郭と見ているのです。その 5 つの要素を陰陽（上と下、もしくは兄と弟）で分けて 10 進法 10 干と置きました。それを示すと次の通りです。

　木：甲（キノエ）乙（キノト）→立木と根の象を表す

　火：丙（ヒノエ）丁（ヒノト）→かまど・熱と灯・光を表す

　水：壬（ミズノエ）癸（ミズノト）→水たまり・妊婦と発進・水滴を表す

　金：庚（カノエ）辛（カノト）→重し・安定と針・新たを表す

　土：戊（ツチノエ）己（ツチノト）→12 支戌・巳を受け丸い物と長い物を表す

　土の上には戊（つちのえ）と己（つちのと）がありますが、これは 12 支の巳（へび）と戌（いぬ）に似ています。12 支の動物は生命の象徴であり、土の上で躍動する生命体を表しています。干は幹であり、支は枝であり生命は幹から生じ枝で花と実をつけ四季により循環し、次の世代を作る種を宿します。

干支の2つの組み合わせで、60進数の時間を考えました。干支を数直線に並べると、12支は3×4、10干は2×5なので、右の図で示すように12支が10干に包まれる関係になり

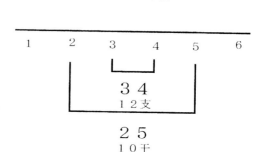

ます。ここに閉じられたいわば輪廻の世界が現れるのです。

25は1～9までの奇数を足した数で、天数と呼ばれます。また、34は生命を表すとされるフィボナッチ数(いずれお話しする機会がありましょう)の9番目の数です。13は生命体が天数を飛び出す意を表し、挑戦・死と再生に相当する意味を持っているのです。新しい世界への挑戦は常に危険と隣り合わせです。不安の気持ちが不吉とした理由でありましょう。死刑台の13階段も再生に向けての死と考えれば、あながち不吉とも云えません。

2、観音菩薩の登場(8話)

第8話で、お釈迦様が自分の持つ大乗の教え真教(3蔵:法・論・教)を取りにくる者を探し、道中をアレンジするよう諸仏に諮りますが、その時立候補するのが観音菩薩です。お釈迦様は旅を助けるために取経者に渡すよう次の3つの宝物を預けます。

＊錦襴の袈裟……輪廻に落ちない

＊九環の錫杖……厄災の防止
＊緊箍児　　……弟子を懲らしめるための箍（金・緊・禁の３個）

すぐさま道中の調査に乗り出し、お供を取り決めます。

　8話では観音菩薩は天竺から長安に向けて物語とは逆に進み弟子を配置していきます。彼らは皆、過去に天界で罪を犯し、下界でその罪をあがなっています。取教の旅のお供によって罪が許されることを期待し、三蔵法師を待つ約束をします。

　まず最初に会うのは沙悟浄ですが、流沙河に住んでいます。これは河とされていますが、ゴビ砂漠を指しているようです。沙悟浄は何にあたるか謎とされていますが、動物よりもむしろ砂そのものです。9つのどくろを首からぶら下げていますが、今まで9人の取経者を殺したとされます。沙も殺に通じる音ですが、現実の三蔵法師も累々たる髑髏を見ながら歩いたとされています。沙はさんずいに少ないと書きますが、まさに砂漠を表します。22話で9つのどくろを九宮に見立て、瓢箪を帆とする舟に乗ってこの河を渡りますが、瓢箪は2つのこぶを持つ駱駝なのかもしれません。

　次の猪悟能は農機具の"まぐわ"を武器にしています。天上の失敗も女性問題、今回の旅でも女性の誘惑に弱く、大食漢とされています。能はよくすると読むように、積極的な欲望の側面を体現した名です。猪・豚とされていますが、猪突猛進・よく食べ、活発に動く陽の性格を表します。

　龍はもともとは西海龍王の子とされていますが、龍のまま水の底で待ちます。15話で三蔵法師のお供の馬を食べて、龍と馬が合体し

て龍馬に変身です。龍は乾の卦を表し陽、馬は坤の卦を表し陰です。龍馬は陰陽の動力すなわち、突破して進む力と包まれ導かれる力を表します。三蔵法師一行は陽・陰・空3つの弟子を内蔵した三蔵法師が、陰陽5行・ロゴスの力によって旅する物語です。

　孫悟空はお釈迦様によって五行山に閉じ込められ、500年この時がくるのを待っていたとされ、最後に登場します。

　最後の孫悟空は7話までの間に延々と成長譚が語られますが、その中で孫悟空の悟は悟一門として与えられています。猪悟能・沙悟浄の悟はたまたま一致したとされていますが、3匹は悟一門の仲間であるのです。

　次の展開は12話まで飛び観音菩薩が長安に入る回になりますが、それは後ほどとし、9話から11話の話を進めましょう。

3、太宗幽冥界の旅（9～11話）

　9話は長安に住む2人の漁師と木樵の会話から始まります。やがて2人は詩を吟じあいますが、お互いの仕事自慢の連句を楽しみます。別れ際に仕事の危険性についての話になり、木樵は漁師が会う波の危険に言及しますが、漁師は袁守誠という易者と懇意にしているので、雨の降る量は毎日事前に分かり、危険は少しもないと云います。それを河の夜叉が盗み聞きし、水を司る自分たちの存在の危機として雨を仕切る老龍に訴えます。

　老龍は街に出て易者と会い明日の雨量の賭けをします。老龍は易者が話した35寸48滴の雨を違えようと考えていますが、帰ると

き玉帝から雨の量の指示が来ます、それが易者が述べたとおりの量であったのです。賭に負けたくない老龍はごまかして 30 寸 40 滴の雨を降らせて、易断の不的中を責めます。易者は老龍が玉帝の指示を違え、死罪に相当する罪を犯したとせせら笑うのです。

　易者は袁です、なぜかくも龍はサルに弱いのでしょうか。

　それはさておき、老龍は易者に降参し死罪にならない道を聞きますが、死刑の執行者は太宗の臣下・魏徴であるので太宗に頼むよう教えます。老龍は夢で太宗に会い懇請し、助ける約束を取り付けます。

　太宗はその死刑の時刻に魏徴を呼び出します。魏徴が出仕していれば死刑の執行は不可能だと思っていたからです。魏徴は太宗と囲碁を打ちますが、途中で居眠りをします。日頃の多忙ゆえと太宗も大目にみますが、その時夢の中で魏徴は老龍の死刑を執行していたのです。

　老龍の恨みにより太宗は亡くなることになりますが、魏徴は友人で冥府の裁判官をしている崔珏（サイカク）に生還を依頼します。崔珏が出迎え、十王の審判を受けますが、崔珏が機転を利かせ、生命簿に記載された皇帝在位の年数を 13 年から 33 年に伸ばし陽界に戻る判決を勝ち取ります。崔珏の才覚によって無事裁判を終わり、崔珏と朱大尉に送られ帰還の道をたどります。途中、玄武門の変で暗殺した兄弟の李健成・元吉をはじめ、多くの戦いで殺した亡霊に悩まされますが、在世で徳を積んだ相良の貯金を使わせて貰って難を逃れ、無事に帰還します。

　帰ったあと、崔珏との約束を果たすために死者を弔う施餓鬼法要

を行います、それが大法会です。

　この話の中にもうひとつの小さな生還の話があります。裁判をした十王にお礼の瓜を送る約束をします。帰還後その約束を守るため幽冥界に行く人を募集しますが応募したのが劉全（善を立てるに通じる）です。妻・李蓮翠が門口で托鉢僧に布施をしたことがあり、それを婦道を守らず閨門を出たとののしったので、妻が自死することとなったのです。残された幼い男女の子が夜通し泣き騒ぐので悔い、死をもって瓜を届けようと願いでることとしました。瓜2つを頭に乗せ服毒死します。幽冥界に行き十王のもとに瓜を届けますが、十王の寛大な取り計らいで本人共々妻を連れて陽界に戻ることができました。しかも太宗の妹の李玉英の体を借りて生き返ることになったのです。

　この物語には早く亡くなった長孫皇后の再生の願いが込められているようです。幼い男の子と女の子は正に孫です。その子らが泣き叫び妻を迎えに行くことになるわけですが、李が李に渙体します。

　この物語は明代にできていますが、明の3代目皇帝・永楽帝は2代目皇帝の甥を殺して地位を簒奪しましたが、それは唐代の太宗の即位とよく似ています。その後をついだ宣徳帝は仁宣の治と呼ばれる安定した時代を築きます。その時の皇后が孫皇后ですから、長孫皇后と孫皇后を孫悟空の名でつなぎ、貞観の治から仁宣の治へ安定した仁政を求める筋書きが込められているように思えます。

　太宗の大臣・名だたる人々が登場しますが、幼なじみで一番の功臣長孫無忌と妹の長孫皇后が一切登場しません。また、幽冥界から送っ

た人が朱大尉とされていますが、朱は明の皇帝の姓です。孫悟空は太宗や永楽帝を助ける孫皇后であり、10万8千里ひと飛びして2つの時代をつないでいるのかもしれません。

瓜が何を意味しているのか、瓜の成語の中に"瓜を投じて瓊（ケイ・宝）を得る"とあります。妻の名が蓮翠、渙体する相手が玉英、瓜は妻を取り返す種なのです。

もうひとつ相良の寓話がありますが、その詮索はさておき、ここで漁師と木樵の会話から老龍の処刑までの意味を解題しておきましょう。

これは河と山の会話ですから、八卦の沢卦と艮卦との会話すなわち、64卦の山沢損と呼ばれる卦になります。（下図参照）

山沢損

この卦は沢の上に山が乗った形で下を減（損）じ、上を厚くする卦とされます。リストラにより経営を再建する、あるいは民を犠牲にして皇帝や貴族が栄える卦です。

ここから、老陽（一番上の陽爻）を外した卦がまたその次に示した乾坤泰の卦です。この卦は易者が掲げる旗によく使われる卦で縁起

の良い卦とされます。陰陽相和し君臣上下の意思が疎通し国家安泰の卦とされます。

乾坤泰

　老龍が殺されるのは山沢損の一番上の陽爻（老龍）が切られ（するとひとつずつ爻が上がり一番下に新たな陽爻が芽生えます）ことを意味し、太宗は死と再生によって山沢損から脱皮して乾坤泰の皇帝になることを意味します。
　これが貞観の治と呼ばれる政治になります。
　魏徴が老龍の首を碁を打っている時に切るわけですが、そのゆえんを説明しておきましょう。魏徴は太宗が暗殺した兄・李健成の家臣であったのですが、その率直な性格を見込まれ太宗に仕えることになります。その後太宗に諫言してやまず、時に太宗も癇癪を起こすほどであったとされます。太宗もよく耐え、魏徴が亡くなったとき"鏡を失った"と嘆いたそうです。批判・諫言を失ったとき自分の姿を見失うのは現在でも変わらない政治家の姿ですが、太宗はそれを自覚して魏徴を重用したのです（これには長孫皇后の支えも大きかったといわれます）。

囲碁は手談と云いますが、厳しく諫言する姿を対局に見、その諫言が貞観の治世を開いたことを示すために老龍処刑の話が挿入されていると読むことができましょう。

4、大法会：共時的な場（12〜13話）

それはさておき、物語の内容を追います。

長安にたどりついた観音菩薩はボロ衣をまとい姿を変えて取経の僧を探しますが、なかなか見つかりません。太宗が行う大法会の檀主・玄奘が極楽から俗界に生まれ変わった江流児和尚と知ります。俗界に投胎するときには観音菩薩が手引きするという因縁を持つ身と知り大喜びです。

お釈迦様から預かった3宝を渡す段となりますが、テストをするために高い値段を付けて、大法会の責任者簫瑀（ショウウ）に売り込みます。簫瑀はその価値が分かったので無償で提供することとし、無事太宗にも会い、太宗から玄奘に手渡すことができます。

その後、大法会でお経を唱える玄奘に小乗の教えであることを指摘し、大乗経典を取りに来る約束をします。また、太宗も法会を中断し、大乗の教えが手に入った後改めて大法会を行うこととします。

この話の途中、大法会を行うことに対し傅奕が反対し仏教を排すべきとの進言があります。簫瑀との論争があり結局行うことになるのですが、その前に囲碁のことを博奕と呼ぶくだりがあります。実際中国の北方（中原）では囲碁のことを博奕・弈棋または弈棊と呼んだようです。傅奕は実際にいた人のようですが、囲碁と仏教の関係を考

え気になる挿話ではあります。

　ここで少し碁の由来についてお話ししましょう。碁はゴとして古い時代に入ったようで、万葉仮名に碁がゴとして使われています。万葉集に碁士の歌が入っているほか、日本風土記には碁石の産地として茨城と島根が記載されていますので、8世紀より前には碁がゴとして相当程度普及していたことがうかがえます。

　　碁の冠の其は日本でも将棋・囲碁をまとめて"棋道"と呼ばれるように、音はキにあります。ゴと発音するのは呉音（中国南部・呉地方の発音）によるとされています。そういえば、呉音で伝えられたとされる仏教用語"一期一会"は期をゴと読みます。

　10世紀の中頃に編纂された辞書のような書"和名類聚抄"には"囲碁、音は棋、字は棊とも書く、世間は五という"と書かれているとのことです。（"古代囲碁の世界"渡部義通著による）これを読むと、正式名は棋・キで通称としてゴと呼ばれていると受け取れます。

　古事記は壬申の乱で力で皇室を継いだ天武天皇が後代に正史を伝えるため、近習・稗田阿礼に"帝皇の日継および先代の旧辞"を繰り返し誦み習わせたのが発端とされます。約30年後の711年、改めて元明天皇の命により太安麻侶が阿礼の記憶を1年掛けて文書化しました。

　日本書紀は古事記に遅れること8年、720年に完成されました。すぐ翌年から正史として宮廷で使われますが、古事記は江戸時代・本居宣長によって発掘されるまで、ほとんど世に出ることはなく、冷たい扱いを受けてきました。

当時は平城京が生まれ、大宝律令が完成し、いわば、中国の唐を手本とした"中央集権国家"に向けた体制整備の時代でした。

　古事記から日本書紀への転換はそのような政治意志の具体的な表れであり、内容の修飾と共に、やまと文体から漢文体へ、呉音から漢音（唐の首都長安で使われる音）へ意図的に変える動機が書紀の編纂にはあったのです。

　このような経緯からすると、囲碁が"碁・ゴ"として残ったのは政府の威令でも放逐できないほど囲碁が普及していたことを意味しておりましょう。

　それにしても、棊の"木"がどこで何時"石"に変わったのか不思議なことではあります。

5、入子構造と三角州の数学：フラクタル

　大法会のような場、これを仏教では縁日といいます。色々な人が集まり、そこに交流があり、男女の仲も生まれます。同じような場としてアダム・スミスは市場に神の手を見ました。

　それが共時的な場ですが、それを支える数学的な構造として、フラクタルがありますので、少し触れておきましょう。らっきょうをむいて芯に至らないのを"猿知恵＝孫悟空の知恵？"と笑いますが、笑えない深さを持っているのです。

　17世紀から始まった近代科学では世界は時計のような機械的な構造により成り立っていると考えられてきました。機能が異なる部品が集まり相互に依存するような構造です。それに対してフラクタル

は 20 世紀になり発見された部分と全体が同じ形の（自己相似性と呼ばれる）構造です。

　下が発見者の名前をつけたコッホの雪片と呼ばれるフラクタル図です。

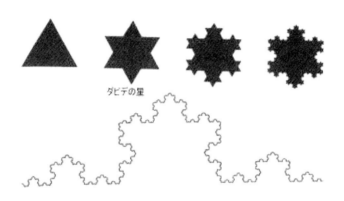

　最初に 1 センチメートルの辺を持つ正三角形を書きます。次にその 1／3 の長さの 3 角形を辺の中央に乗せます。すると、ダビデの星と呼ばれる六芒星が生まれます。また同じ操作で新しく生まれた 3 角形の中央に 1／3 の長さの正三角形を乗せます。その操作をつぎつぎと繰り返すと、上に示すような図になります。

　これは一見、雲や海岸線を想像させますが、これはイギリスの海岸線を表すフラクタルです。細かい先端の部分を見ても最初の三角形と同じものを見ることができます。これが自己相似性と云われる性格ですが、全体が部分に宿る図とも言えます。

この作図では輪郭の線の長さは一回の操作ごとに4／3倍の割合で際限なく増え、面積は最初の3角形の8／5倍に限りなく近づいていきます。

　私達は点は0次元、線は1次元、面積は2次元、体積は3次元として、その間ははっきり分かれていると考えてきました。そしてまた、運動に加わる瞬間的な力を引き出す微分はひとつ次元を下げた値として求められるとしてきました。

　ところがフラクタルでは、次元の境目がなくなり、微分しても変化は表れません。ちなみにこの雪片の次元は1.2619……次元です。

　時間や空間を突き詰めたとき、時間は仏教で云う刹那（一瞬）に、空間は点になりますが、その刹那も点も全体と同じ様相を示す構造があり、そこでは次元は連続的であるのです。この構造は日本では箱の中に同じ形の箱が入る形として"入子"と呼ばれてきましたが、猿が皮をむくたまねぎとしても象徴的に語られてきました。

　このフラクタルな構造のキーワードは分岐ですが、その意味は交換・交流等にあります。自然界では樹木の枝、海岸線、三角州、雲、血管。人工物では配管、ラジエーターなどで見られます。

　西遊記は創造の原理を語る物語ですが、そこに現れる入子構造やいくつかの物語の交流点はこのような数学的な構造に裏付けられています。ひとつひとつのお話は流れの中のエピソードとしてあるように見えますが、個々独立して次元を超え広い接点を持ちながら濃密な会話を続ける物語になっているのです。

　上が樹の枝が表すフラクタル図です。木の幹は年輪を重ね成長しますが、枝は光合成をして栄養を作ると共に花が咲かせ実をつけます。そこには循環する原理と共に太陽光と葉緑素、おしべとめしべとその仲介をする虫の交流があります。このフラクタルな構造の上に住むのが申です。

　もう片方の戌は十干の土の上に戊（ツチノエ）としてもいます。そこには己（ツチノト）は巳と似た字ですから、へびがいて根を表します。この長いもの（ヘビ）と丸いもの（イヌ）の組み合わせはゲームの中に普遍的に表れる構図です。麻雀の索子と筒子、野球のボールとバット、サッカーのボールと足、ゴルフのボールとクラブ等です。この組み合わせが孫の名であり碁盤の石と罫線であることは了解できることでありましょう。

　10干12支の干は幹、支は枝とされますが、土の上に幹が立ち枝が広がり、そこに生命の象徴である動物たちが居る構図は、枝がフラク

タルな構造をもっていることを考えるとより深い意味を感じます。

　12話は上記2つの物語が合流する場として華やかで広いフラクタルな場ですが、そこから玄奘は100官に見送られ出発します。それは貞観13年9月15日の3日前の日でした。

　太宗に与えられた白馬と2人の供が一緒ですが、国境を越えると、すぐに虎の魔物に捕まります。ばりばりと食べられる供2人、特に心臓と肝臓は客である熊山君と呼ばれる熊の魔物と特処子と呼ばれる牛の魔物に食べられるのです。

　日が上り、太白金星に助けられ、ただひとり観音菩薩から与えられ宝と馬をつれ第14話の場である両界山に入ります。馬はやがて龍に食べられて竜馬になるためにここでは保留にされていますが、実質ただ1人14話に向かうのです。ちょうど大法会が蓋になりそこから小舟がただひとつ出発する図です。三蔵法師の呼称は太宗が提案した名ですが、お釈迦様の民衆救済の願いと太宗の治世の願いと玄奘の学問への希求が蔵された舟でありましょう。

　山に入り、虎・大蛇・猛獣に囲まれて危機一髪、その時猟師、鎮山の親分、劉伯欽に助けられます。一晩泊まりますが、母親と奥方に歓迎され、精進料理を頂きます。お礼に丁寧な読経をします。その晩亡父が3人の夢枕にでて、お経のお陰で冥途の苦難から脱することができたと告げます。

　こうして劉伯欽に送られ両界山に到着、この境界は越えられないという伯欽。困り果てた三蔵、その時山から大きな声が聞こえます。これが五行山に閉じ込められていた悟空の慶びの声であったのです。

第 3 章　取経チームの形成（第 14～22 話）

1、話の概要

　ここは第 13 話で出発した三蔵法師が 3 人の弟子達と一緒になり一行が揃う話です。予め、観音菩薩が用意しているお話なので、挿話を中心に読んでみましょう、

　三蔵法師は 14 話で両界山に到着し、鎮山の親分劉伯欽の出迎えを受けます。お釈迦様に五行山に閉じ込められた孫悟空は今は両界山と名前を変えた山で 500 年の年期が明けた状態で取経の旅僧を待ちます。その三蔵法師と孫悟空を会わせる役割を担うのが劉伯欽です。劉伯欽は両界山を超えず、孫悟空にバトンタッチする構図です。そう考えると、前章で劉全が立善であったことを思い起こせば、劉は立、伯欽は白金と読み魂魄を逆さに読んだ意味だと了解できるでしょう。

　山の麓にある石箱の中の悟空はひげもじゃ、泥だらけ、の醜い姿で、山頂のお札を取るよう請います。三蔵と劉伯欽が頂上に行き石塊に貼られていた札を剥がし無事忌明け。孫悟空は自分の力で飛び出すので、遠くへ離れているように云います。ものすごい音と共に 2 人の前にすっぽんぽんの悟空が表れます。ここは雷に打たれて再生、嬰児として生まれ変わって再出発です。須菩提祖師が提示した災いの内、雷は 500 年後と予告されていましたので、その雷に打たれて死んで再生したものと考えられます。そう云えば、山風蠱の卦の下には雷を表す震卦がありました。

劉伯欽は魂魄を立てる、すなわち立志ですから、山風蠱卦から再生した孫悟空は、劉伯欽に代わり立志として三蔵法師の中に住むことになるのです。そしてまた、旅の推進力として孫行者というあざなももらいます。

　立志を引き継いだ孫悟空は陳家で 500 年の垢を流し、三蔵法師の着物と虎の革で作った服を身にまといます。ここは三蔵法師の実家（陳家）で身を清め、三蔵法師の心の中に立志として住む意になります。

　そこを出発すると 6 人の盗賊に出会います。そのくだりを次に示しますが、その中身は人の 5 つの認識機関：眼・耳・鼻・舌・身体と、それを支える意識、併せて 6 根を表しています。最後の字・喜怒愛思欲憂・は人の心の働きを示します。

　　眼にいるものを看て喜ぶ　これ眼看喜、
　　耳で聴けばすぐ怒り出す　これ耳聴怒、
　　鼻で嗅ぎうっとり愛でる　これ鼻嗅愛、
　　舌で嘗めずりごくり思う　これ舌嘗思、
　　意で見つめやがて欲する　これ意見欲、
　　身は凡ての本だが憂ある　これ身本憂、

　この 6 人？は盗賊となっていますが、なるほど私達の認識機関は自然界から何ものかを盗んでいるのかも知れません。

　ここのくだりは三蔵法師が人の認識機関・6 根を殺す・封鎖して、無意識の世界へ入ったことを意味します。どの宗教にも心の中を見つめる内観という修行形態がありますが、三蔵法師も仏教の内観・座

禅に入ったのです。

　実際に玄奘が求めたものは唯識の本義であったとされます。唯識では意識の奥にマナ識（末那識）とアーラヤ識（阿頼耶識）があるとされますが、まずは6根を封鎖して末那識と阿頼耶識の入口に立つのです。

　いずれにしても、孫悟空は"人を殺した"として三蔵法師に叱られ、すねて三蔵法師のもとを離れ、ふるさと水簾洞に帰ろうとしますが、途中で寄った龍王のところで漢時代の張良の画からその故事にふれ自省し戻ります。

　その間に三蔵法師は観音菩薩から直綴ひと重ねと金をはめた頭巾（緊箍児）と緊箍児術（キンコジジュツ）を授けられます。そして帰ってきた孫悟空に直綴を着せ、頭には緊箍児を付けることに成功します。その後は念仏でそのタガがしめられ、孫悟空は三蔵法師に逆らえなくなります。また、虎と三蔵法師の直綴から観音菩薩から受けた直綴に着替え箍を得た孫悟空は観音菩薩の愛と戒めに包まれた空でもあることを示します。

　この離脱は孫悟空は立志ですから、玄奘のゆれる心を示しましょう。緊箍児は三蔵法師が志を堅く持ち続けるための道具であったのです。タガを締める念仏・緊箍児呪は別名定心真言といっていますので、実話の三蔵法師が死すとも東には戻らない覚悟で唱えつつ歩いたとされる般若心経の真言に相当するものでありましょう。

　その後、15話で龍がお供の馬を食べて竜馬になり、観音菩薩から手綱と鞍を貰ってドライビングホースとなります。18話で猪悟能に

22話で沙悟浄に会い、メンバーが揃います。猪悟能は猪八戒、沙悟浄は沙和尚というあざなを貰いますが、その意義はともかく、この間のできごとをもう少し詳しく見ていくことにします。

ここで碁盤と白石と黒石とルールが揃い碁が打てる状態が整います。

2、後天図方位図から

14話から盛んに虎・寅がでてきますが、それについて下の八卦後天図で説明しておきましょう。

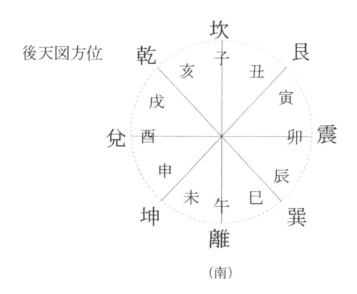

すでにご案内の通り、西遊記は易が重要な示唆を示します。上図が

後天図と呼ばれる易の基本図のひとつです。もうひとつ先天図がありますが、それは対照卦が向かい合った図で、例えば巽卦と震卦が向かい合う割と簡単な図です。先天図が体（本質）を後天図が用（表れる現象）を表すとされます。

巻のはじめに、"寅の会で人が生まれ、獣が生まれ、鳥が生まれました。天地人の3才がしっかりその地位を定めたというわけです。"人は寅に生まれた"というのはそのためです"とありますが、それはこの後天図によります。

震卦が人であり、新であり、心であるのです。その入口が寅であり、三蔵法師が寅にしばしば会うことになります。6根を閉じ内観に入った三蔵法師は寅を乗り越え更に深みへと旅します。

先天図にはなく後天図にある12支について考えておきましょう。すでに、12支は3×4だとお話ししましたが、3つずつ4つの組になっています。子を間に挟んで丑と亥、卯を挟んで寅と辰、午を挟んで巳と未、酉を挟んで申と戌のようにです。

子は小さな構成要素というような意味で、一番小さくて生命力が強いネズミがあてはめられました。今でも分子・原子・素粒子というように原子模型の要素を子としますが、仏教では種子（シュジ）ヨーロッパではモナド・アトム・インディビデュアル（いずれも分割できない最小単位という意味）の概念に相当します。

その両側にある丑は天・地・人3界を巡る字形で循環を表し、反芻の動物である牛にたとえられました。亥は右肩あがりの字形で、猪突猛進（猪八戒の性格）どこまでも進む成長の仕組みを表します。こ

こでは循環と成長に支えられて根源的な要素・子から万物が作られ包まれる世界観が示されています。

　次の卯を挟んだ寅と辰は竜虎の戦いです。寅は3番目の卦、陰と陽が最初に交わった卦・震とされ雷です。雷は天から地へ引き寄せられますが竜は力強く昇る動物と考えられています。この間のうさぎは、耳が長く情報の象徴ともされますが、同時に、後ろ足が長く、登りには強いが下りは苦手な動物です。ウサギは自然界のエネルギーが持つ非対称性（エントロピーと呼ばれる不可逆性）を表し、虎と龍は現代流にいうと、引力と斥力すなわち、エネルギーを表します。

　次の午を挟んだ巳と未ですが、午は午前・午後といわれるように太陽が真上に上がり、下りに転ずる時です。午は転換点を示し、今の一瞬を表します。その両側の巳はすでにと読まれるように過去を、未はいまだと読まれるように、未来を表します。ここに今の一瞬を中心とした過去と未来の時制が示されます。

　次の酉（鳥）を挟んだ申（猿）と戌（犬）ですが、この3つの動物は賢い動物・智恵の象徴として桃太郎に登場します。犬は秩序の象徴で演繹的な思考を、猿は常識の破壊者として帰納的な思考を表します。その間をつなぐ酉は情報の伝達者です。ここは竜虎の争いに対抗し、犬猿の仲です。

　また、巽卦の真向かいが乾卦ですが、この物語では巽は孫悟空・猴であり、乾は龍でその音はケンです。この西遊記では9話で老龍が袁守誠に勝てませんが、3回では如意金棒をはじめお宝を強奪され、玉帝に提訴する始末です。それ以外の場面でも龍は何回となく登場

しますが、孫悟空には下手にでていつもこけにされています。

　これは犬猿の仲で云えば、この西遊記が創造を語る物語であり、猿知恵のほうが犬の賢智に勝るからです。そして、両者を組み合わせた卦（風天小畜）は"密雲あれど雨降らず"の卦辞であり、じっと力を畜めてやがて亨るとする卦です。龍もまた一行に力を与え旅を支えています。

　巽に対して龍は陰の役割を担って支援しているようです。

3、観音寺の段（16話と17話）

　15話で竜馬を得た三蔵法師はまだ猪悟能と沙悟浄に会う前ですが、その間もうひとつ話が挿入されています。場所は観音寺これは般若心経の主人公であり西遊記の演出者である観音菩薩の住まいです。そこに270才の近池和尚がいて、広智広謀に唆されて三宝の袈裟（輪廻にを防ぐ宝）を奪おうとします。そのあおりで観音寺は燃え近池老上人は自殺しますが、その間黒風洞の妖怪が袈裟を奪い去っていたので、袈裟には手が届きません。観音様の手を煩わして両虚子製の丹と金箍児を使って妖怪を収服し袈裟を取り返す物語です。

　270は般若心経の字数です。1年1字般若心経を読み解いた人、それが金池老上人です。仏教用語に権智（コンチ）という言葉があり、それは方便智とされます。竜馬はいわばゲームのルールですから、この回に輪廻の道に入らない道しるべ般若心経が語られているのです。弟子の名は広智・広謀です、智謀をたよりに般若心経を読んだ上人は権智による理解にしか到着していなかったのです。権智の説・金地老

上人は自殺し、俗説に包まれた観音寺は焼き尽くされ、般若心経の真説は救われます。

しかし、それを黒風山の妖怪が奪っていきます。取り戻すのに孫悟空が凌虚子製の丹に化けて、観音菩薩がそれを飲ませます。体の中で孫悟空が大暴れ、降参した妖怪の頭に観音菩薩が金箍児を付けて収服し、無事に袈裟を取り返します。

凌虚子を両虚子と読めば、これは猪悟能と沙悟浄を欠く三蔵法師に他なりません。三蔵法師が作った丹で孫悟空が体内で暴れて妖怪を修める図には何が隠されているのでしょうか。

黒風大王は熊の妖怪とわかり、観音菩薩が連れて帰ることになりますが、いでたちは混世魔王と瓜ふたつです。真っ二つに切られた片身はここまで飛んできたのでしょうか。また、なにゆえに輪廻におちない宝である袈裟を欲しがったのでしょうか。

その謎は謎としてもう少し、話が進むまで置いておきます。

4、般若心経は何故烏巣禅師によって与えられるのか

18・19話は猪悟能が一行に加わる話ですが、その末に烏巣禅師によって般若心経が与えられます。次に冒頭部分を示します(般若心経を読む・紀野一義著・講談社による)が、観音菩薩は般若心経の主人公で冒頭にある観自在菩薩です。西遊記は観音菩薩に導かれる物語ですが、その道しるべがここで与えられる般若心経です。近地上人に代わり改めて般若心経が与えられます。

　観自在菩薩　　　　観音菩薩が

行深般若波羅蜜多時	知恵の完成を目指して修行を実践していた時
照見五蘊皆空	この世を構成する五つの要素は実体がない空であることを見極めた
度一切苦厄	これを見抜くことによって、一切の苦厄を免れると悟ったのである
舍利子　色不異空	シャリプトラよ、形あるものは空に他ならない
空不異色	また、空こそこの世の実体に他ならない
色即是空　空即是色	色はすなわち空であり、空はすなわち色である
受想行識　亦復如是	感覚・表象・意志・知識も、また同じように空である
舍利子　是諸法空想	シャリプトラよ、このように世界の法則は空の相を示す
不生不滅	生じることも滅することもない
不垢不浄	汚れることも、きれいにされることもない
不増不減	増えもしなければ、減りもしない
是故空中無色	空があって、色はないのであるから
無受想行識	人の受・想・行・識もまた無なのである

　囲碁の別名に烏鷺という言葉があります。また、犬猿の仲での酉の役割を話しましたが、鳥は情報の運搬者の象徴でもあります。また、鳥は神のことばを伝えるキューピッドとして占いにも使われていま

した。隹が進むや携えるに含まれるのは隹占いをしながら進軍するところから生まれた字とのことです。（白川静著漢字百話等）

　また、中国では多分黒点観測とも関係していると思いますが、烏（カラス）は太陽に住むと云われ、それが日本にも八咫烏の伝説として残っています。

　囲碁の烏鷺は有路であり、白と黒の交流、さらには神との対話を象徴する別名です。

　このように並べて、烏巣を考えるとウソウは有相と読めましょう。さすれば、こちらの世界にいる有相禅師が般若界の空相を説くという意味になります。

　一般に般若心経はこの世界の物質的なもの（色）は突き詰めると実質のない空であると解釈されているようです。ここではこの世ではなく法界を語っていると考えます。法界は総ての真実があらかじめ用意された叡智に満ちた世界です。

　密教はこの唯識の後にでてくる仏教の宗派です。日本には空海が中国で学んでもたらしますが、中国では会唱の破仏で滅びました。空海は弘法大師と呼ばれ、温泉の発見伝説に多く登場します。密教には阿字観他いろいろな修行の道具があり、道具をとおして誰でも法界に達することができる、法界はすべての真実がある世界であり、そこに行けば啓示（言葉によらない示唆＝密）によってその真実に到着できるとされます。その自由に行き来できる状態を成仏とよび、この世界にいながら法界を自由にのぞき見ることができる、それを即身成仏と呼んだようです。

西遊記は入子構造の物語の構成になっていて、斜月三星洞の物語は西遊記全体の相似的な物語ではないかとしました。ちょうどこの叡智界で学んだ孫悟空がそこを破門され、途中で物語に戻ると考えると良く符合します。

　場所は霊台方寸山斜月三星洞とされています。霊は0・空である事例がたくさん登場します。斜月三星は心（しに点が3つ）を表すと原題に注されているそうです。すると心は心経を指し、空台法存山とも読めます。そこにいるのがお釈迦様の十弟子のひとりで、最も円満な性格を持ち、空の第一人者とされる須菩提祖師であるのです。

　孫悟空は3つ叩かれるのが3更に忍んでくれば道を伝授するという謎解きであることを察知して、道の伝授を受けます。ここで"密教と顕教通暁する真の妙訣"を伝授されます。ここに神の啓示と云われる方法が示されています。

　やがて、破門されますから、まだ成仏にはいたらない状態で物語に戻ることとなっています。

　最後の段で霊鷲山にいるお釈迦様のところに行き、経を頂きますが、それが無字経であることが解り、改めて有字経を依頼する話があります。神の空集合の世界はことばによって分別されていない世界ですから、無字経こそ真の経典と云えるのでしょう。まことに"不立文字"の世界なのです。

　"照見五蘊皆空"をお釈迦様は智の真実を得ようと修行しているとき、叡智の世界は文字で分別されていない空であることを発見したと読みましょう。

そして、その世界に接近する方法として、"色即是空・空即是色"を"識即是空・空即是式"と読みます。空は問題意識・求める心・とします。また、式は式次第あるいは数式のように解決の手順を表すことばです。すると、"知ることは問題意識を持つことであり、問題意識さえ持てば解決の方法は与えられる"と読むことができます。

　上記のような理解をすると、キリスト教にも同じような物語が潜んでいることに気づきます。マタイ伝に"たたけよさらば開かれん"という言葉があります。また、"はじめに言葉ありき"とあり、それを探せば旧約聖書のアダムとイブの物語に至ります。エデンの園にいたアダムとイブは知恵の実を食べたばかりに楽園を追放され、原罪として産む痛みと働く労苦を与えられたとされます。エデンの園は叡智・般若の世界です。

　円満な性格を持つとされる須菩提祖師が孫悟空を破門し、慈愛に満ちた神がアダムとイブを追放し原罪を与えたのです。

　須菩提祖師に術を学んだ孫悟空は三蔵法師の立志として旅を始めますが、その冒頭に輪廻に落ちないよう戒として観音寺の段を用意し、ここで改めて、般若心経を烏巣禅師から与えたのです。

　烏はカラスとして黒の象徴でもあります。熊はすでにお供が"ユーザンクン"に食べられるところに登場しますが、音はユーで、ウと通じます。黒熊は三蔵法師製の丹を食べて金箍をはめられて、観音菩薩に収服されますが、そこから烏は切り離されて木の上の枝に逃れ、"烏"巣禅師として道案内をしているのかもしれません。

　三蔵法師はいつもぶるぶる大したことはしていませんが、3人にあ

ざなを与えています。名を食べた黒熊は孫悟空によって熊のユーと黒い鳥・ウに切り分けられ、熊は収服されますが、鳥は残り旅の道案内をしてくれるのです。巣には"須"菩提祖師の影が残ります。

　熊は一行を助ける役割を持ち、袈裟を奪ったのは袈裟を火災から救い再び一行にわたすためだったのです。一緒に供の内臓を食べた特処士、牛の妖怪も旅を助けてくれるのでしょうか。

5、黄風怪の段（20話21話）

　22話の流沙河で待つ沙悟浄に会う前に黄風怪の風に悩まされるお話です。その導入部分に王氏が登場します。61歳、子供2人孫3人を持ちます。丁寧に応対し黄風怪の難を予告はしますが、観音菩薩の縁者でもなさそうです。"難にあったら帰ってきなさい"とも云って貰いますが、今後また登場するのか、気になりますが、それはさておき。

　横風怪の入口に虎先鋒が出迎えます、自分の胸をビリビリと引き裂いて大音声。八戒のまぐわに勝てず金蝉脱殻（皮を脱いで残し、本物は逃げる）の術で逃げます。逃げるついでに三蔵法師をつかまえて獲物として黄風怪のところに連れ帰ります。

　黄風怪は悟空の力を聞き及んでいて、ぐるぐる巻きにしてしばらく食べることを留保。虎先鋒に部下をつけて戦いに出します。

　三蔵法師の名が別名金蝉師、これは蝉が殻を脱ける自己脱皮を示しますが、虎先鋒は一行の今後を暗示しているのでありましょう。

　この黄色で象徴される人・心（ジン・シン）の世界を旅する三蔵法

師は、しばしばぐるぐる巻きで縛られ、洞窟の中に連れ去られますが、現実世界の呪縛を乗り越え、死と再生を繰り返す運命を示します。そこには王氏も居てつらい修行を避けて現実界の王へ戻る誘惑も待っています。八戒が"5爻・6爻などごちゃごちゃ云わず"とありますが、王氏も巫人でありましょう。

再び現れた虎先鋒は悟空と八戒に挟み撃ち、あわれ殺されます。

死体をひきずり黄風怪の洞窟へ、妖怪も虎先鋒の敵討ちとばかりに打ちかかります。30合の戦いの末、悟空はニコ毛をぬいて110匹の悟空を出動させます。妖怪は巽の方角へヒューと息を吹きます。猛烈な風に煽られ、チビ悟空は天に巻き上げられ役立たず、ニコ毛を収めて更に立ち向かう悟空に黄色い風を吹き付けます。目が開けられずヒリヒリ、悟空は負け戦で退散です。八戒と共に宿探し、護経伽藍に助けられ一夜の宿と目薬を貰い、風は三昧神風というすごい風だと教えられます。目薬の名前は3花9子膏、護経伽藍は六丁六甲、五方掲諦、四値功曹と共に取経の旅の守り神の役目を果たします。護教も伍一門でありましょうか。

元気になった悟空は再び挑戦、蚊になって洞窟に忍び込み情報収集です。そこで聞いたのが黄風怪は霊吉菩薩だけを怖れているとの話です。さて霊吉菩薩とは？そこに現れた老人、李長庚と称し霊吉菩薩の居所と道を教えてくれます。李長庚が太白金星の別名と聞き、八戒もかつてお世話になったと大感謝です。

太白金星は水簾洞時代から孫悟空の守り星です。長庚は宵の明星を指すことばですから、金星の別名に当たります。そこに李・太宗の

姓を付けているのが気がかりです。庚（カノエ・音はコウ）から猴と孫を結び、太白金星が長孫皇后の身代わりとして孫悟空の守り星になっていることを示しているようですが、ここではそのままにしておきましょう。

　早速霊吉菩薩のところに行き、妖怪を収服するようお願いします。

　結局、妖怪は霊山の麓で得道したネズミであったものが、瑠璃の皿の灯油を盗んだ罪を犯し、逃げ出して貂鼠（テン）の化け物になったとのこと。お釈迦様は死罪には当たらないとそのまま認め霊吉菩薩に悪さだけはしないように身柄を預けたとのことでした。そのため飛龍宝杖と定風丹を預かっているとのこと、ここでは飛龍宝杖を使い、定風丹は留保されます。

　霊吉菩薩は観音菩薩と共に、孫悟空・0を支える菩薩です。空は0ですが、美候王や斉天大聖（時間空間の極値・限りなく0）と共に、心猿（真円）・霊猴（0猴）の名、行き着く先が霊鷲山（0収山）など空が0や無限と深い関係にあることを意識した物語になっています。

　孫悟空は黄風怪に会った時自らを"孫おじいさま"と云っています。石猴は子、孫も子にゆかりのある名前です。自分を子と置いたとき、寅・虎は確かに12支の孫になります。人・黄色の世界に入り、虎先鋒に会い、本体の黄風怪も虎だと思うのが自然です。まさか、自分と同類のねずみとは意表を突かれたのではないでしょうか。

　それとともに、黄風怪は火眼金瞳を修復するために待っていたのかと思わせるところもあります。もともと八卦炉を飛び出したときの孫悟空の目は煙にいぶされ涙目でしたがここで目薬をさして"い

つもより 2 倍も明るくなった"と喜びます。

　孫悟空の火眼金瞳はここで再生し、涙目から精度の高いセンサーに変わったのです。

6、結団式（22 話）

　観音菩薩が付けた名は空・能・浄ですが、三蔵法師は行・戒・和という新しいあざなを与えています。ちょうど 120 度回転させたようにも見えます。

　火眼金瞳を得ていた孫悟空は両界山の地底から生まれ変わり、劉伯欽のバトンタッチを経て行者になり、実質的な推進者になります。もともと陽の性格を持つ猪悟能は八戒として行に対抗する戒の役割をになうことになります。流沙河にいた沙悟浄は行と戒の対立を和解する役割として和尚に変わります。

　それを受けて、陰陽五行では孫悟空に金と火を猪悟能には水と木を沙悟浄には土が配当されます。

　猪悟能は陽の性格にもかかわらず、役割としては陰を期待されているのです。また沙悟浄は水に流す（浄する）和から対立を止揚する場・土へ役割がかわったのです。

　この 2 つの名のズレと葛藤がこの物語の底流にあります。

　第 2 章で、沙悟浄は流沙河に住んでいますが、砂漠であり、9 つのどくろを九宮に見立て、ひょうたんを真ん中に置いた法船は駱駝ではないかとしました。沙悟浄が澤か地か、ここに謎解きがありますので、検討しておきましょう。

20話の王氏、61才としていますが、61番目の八卦は風澤中孚、沢の上を風が吹く卦象です。流沙河を黄風が吹くとすればと思わせる卦です。

風澤中孚

一方でうまくいかなければ、戻っておいでとも云います。20番目の八卦を見ると、風地観の卦です。これは地の上を風が吹く卦です。

風地観

その卦象を上に示しますが、卦辞を見ると、中孚は"豚魚にして吉、大川を渉るによろし"ふぐでも分かるほどの吉とされます、一方風地観は"天下に徳を示し感化する"卦象とされますから、いずれも良い卦です。

ちょっと飛躍しますが、三蔵法師と沙悟浄の卦を 7 番目の師と 8

番目の比と見ておきましょう。何といっても三蔵法"師"ですし、和
和尚の名が相応しい卦は"比（親しむ）"の卦です。次に示しますが、
互いに上下が逆の陰爻が多い卦象です。

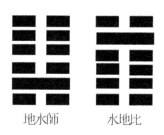
地水師　　　水地比

　このような準備をして、22回の段を考えると面白いアナグラムが
ここに隠されています。
　この物語は14年360日の旅として5040日の旅とされています。
最後にお経の数5048巻と合わすために8日の旅が追加され、慌ただ
しく長安と往復します。14＋8＝22の旅となっているのです。（天上
の1日は地上の1年と云っていますので、22年相当の旅と言い換え
ても良いのかもしれません）この22は7で割ると3.14円周率の近
似値になります。
　22番目の卦を見ると山火賁です。山の下に灯りを見る卦です。山
風蠱から出発して一同が揃いチームの生成、まことに相応しい卦と
も云えましょう。
　22話は流沙河に住む沙悟浄になっていますが、流沙河自体は砂漠
であり、河を渡る法船も駱駝ではないかと云いました。王氏は改めて
20話に戻り河の上の風と土の上の風を問いかけます。ここでは土の

上の風、風地観を正解としてこのチームの構成を表していると考えます。黄風怪がねずみ・子であったのは土の上に吹く風（黄風怪）は実は孫悟空であることを示すものと考えます。

　ここで表れる数・3.14 は円周率→環→観を示しているのでしょうか。あるいは孫悟空の空が心袁（真円）であることを表しているのでしょうか。

7、風地観を詳しく

　風地観の卦がチームの構成を表しているとして詳しく調べておきましょう。ことばも難しくやっかいですが、少し我慢して。（八卦の組み合わせで 64 卦とされたのが約 3000 年前、6 爻の卦の形に全体の意味を示す卦辞と爻ごとの意味を表す爻辞、すなわち、7 つの短文がついています。象と文併せて意味を表しますので、ここでは文をそのまま読み下しの形で示します。なお、卦の全体としての意味を () でつけましたが、その部分は「易経」岩波文庫の解説によります）

　なお、彖伝・象伝は後世につけられた解説です。（孔子によるとされます）

　次に再び風地観の卦とその互卦山地剥の卦象を示します。

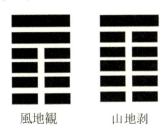

風地観　　山地剥

互卦というのは一番端を捨てて、2・4と3・5から新たな卦象を得る方法です。元の卦の中に互卦の性質もあると考えられ、易断の参考にされるそうです。

風地観（観は示す、また仰ぎ観るの意。九五の陽爻が中正をもって天下に示し、また在下の４陰がこれを仰ぎ観る象にとる）

　卦辞：観は盥（テアライ）て薦（ススメ）ず。孚ありて顒若（ギョウジャク）たり。

　（彖伝）：大観上に在り、順にして巽、中正もって天下に観（シメ）すなり。観は盥（テアライ）て薦（ススメ）ず、孚ありて顒若（ギョウジャク）たり、とは下観て化するなり。天の神道を観るに四時忒（タガ）わず。聖人神道をもって教を設けて、天下を服す。

　（象伝）：風の地上を行は観なり。先王もって方を省み、民を観て教えを設く。

　爻辞：（初は一番下上は一番上、下から上へ順次、六は陰爻九は陽爻を指す。）

　（初六）：童観す。小人は咎なし。君子は吝なり。象に曰く、初六の童観は、小人の道なり。

　（六二）：窺い観る。女の貞に利ろし。象に曰く、窺い観る、女の貞とはまた醜（ハズ）べきなり。

　（六三）：我が生を観て進退す。象に曰く、我が生を観て進退すとは、いまだ道を失わざるなり。

（六四）：國の光を観る。もって王の賓たるに利ろし。象に曰く、國の光を観るとは、賓を尚（タットブ）なり。

（九五）：我が生を観る。君子なれば咎なし。象に曰く、我が生を観るとは、民を観るなり。

（上九）：その生を観る。君子なれば咎なし。象に曰く、その生を観るとは、志いまだ平らかならざるなり。

爻辞は下から爻ごとに示されていますが、一般には時系列の変化を表すとされることが多いようですが、ここではチームの構成として見ておきたいと思います。

卦主をチームリーダー三蔵法師と見て上卦の中心・五に置きます。その上と下は最も近い環境、上六を外野席として観音菩薩を始めとする応援団、時には、妖怪として置きます。4は旅の動力を司る・龍馬、碁にたとえると三蔵法師・碁盤に応ずるルールや筋に当たります。

下卦に弟子3人、悟空・八戒・悟浄を長男・次男・末弟と上から並べます。

上卦と下卦（この風地観卦では上は巽・風、下は坤・地）は爻ごとに対応関係があります。三が一番上、二が五（これが中として一番重要な爻です）一が四です。観音菩薩初め外野の応援団に一番アクセスするのは孫悟空です。猪八戒は間抜けな様子ですが、三蔵法師は一番可愛いようで、孫悟空が妬むほどです。沙悟浄は目立ちませんが馬の番の役回り、やがては場として龍馬を通して三蔵法師を支える役割を持つことになります。

その関係を整理してみます。(■□が役どころとそれが陰爻か陽爻かを表す)

		悟空	八戒	悟浄	龍馬	三蔵
上九陽：その生を観る	外野	順				不順
九五陽：我が生を観る	三蔵		順		順	□中正
六四陰：国の光を観る	龍馬	不順		不順	■正	順
六三陰：我生観て進退す	悟空	■不	不順		不順	
六二陰：窺い観る	八戒	不順	■中正	不順		順
初六陰：童観す	悟浄		不順	■不	不順	

■□の横は位に対して正か不正か（猪八戒は偶数二の位で陰ですから正、他は不正）

特に5と2の位は正であれば中正とします、中でも5の位が最重要です。

上卦・下卦の爻の対応関係、爻が陰・陽か陽・陰なら順、陽陽・陰陰なら不順。

隣どうしも同様に見ます（猪八戒は陰、孫悟空も沙悟浄も陰ゆえ両方不順）

全体は中正の卦（五の位にある爻が陽であり、二の位にある爻が陰）で良い卦です。三蔵法師は観音菩薩と弟子達を教化する、弟子達は2人を仰ぎ観る卦と云えそうです。

初六の沙悟浄は蒙童ですが、やがて六四に至り身近で三蔵法師を支える役割が期待されているようですが、陰爻2本に阻まれてなかなか六四にはアクセスしにくいようです。

　六二の猪八戒はちょっとこの旅を斜めに見ているようなところが表れていますが、三蔵法師の対応関係にあり、もっとも深い関係にありますが、これは順の関係です。

　六三の孫悟空は主張が強く、すでにその性格が表れています。対応関係は上九の観音菩薩をはじめ守り神の一行になりますが順の関係、この面で大活躍します。ただ、三蔵との関係は三蔵の取経への志として心の中に住んでいるはずですが、八戒よりも希薄と云えましょう。

　3人の弟子の関係は不順の関係で、まだチームとしての熟成は遠いように見える卦相です。孫悟空・猪八戒・沙悟浄の状態もよく爻辞に表れているといえましょう。

　このチームの互卦が山地剥、これは五二も陰・中正を外れ、剥は剥落、剥ぎ取るの意とのこと、観のチームの中にチームの不和、あるいは解散の気配が内在しているということでしょうか。

8、囲碁・意味のゲームとは？

　ここで盤と白・黒の石とゲームのルールが揃います。ゲームの囲碁について触れておきましょう。

　西遊記には不思議な形で囲碁が深く関係しているようです。あまり意識することはないかも知れませんが、ゲームには終局と勝敗が同時に決まるものと分かれているものがあります。将棋や相撲は同

じ、囲碁や体操などは分かれています。将棋は王将が詰んだら終わりですから、盤上から王様が無くなったとき、終局と勝敗が同時に決まります。体操などは演技が終わり、採点をして勝敗が決まりますから、分かれています。

　勝敗と終局が一致するゲームには、勝敗に関わる無限性の矛盾が表れることがあります。相撲の水入りなどはそれですが、肉体的な制約がない卓上ゲームにはもっと顕著に表れます。将棋の入玉や千日手、チェスの引き分け等はそれに相当しますが、ルールで縛ってその無限性を制約します。

　勝敗と終局が別のゲームは終局の定義が前面に出ますので、その矛盾はありません。陸上などの競争競技は距離で定義されていますし、体操などは競技者数と演技時間で定義されています。

第 3 章 取経チームの形成（第 14〜22 話）

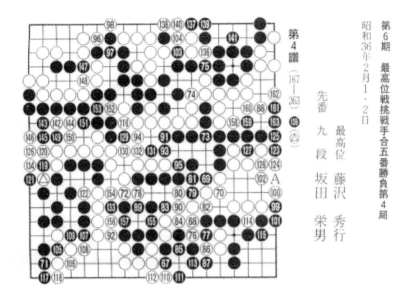

昭和 36 年 2 月 1・2 日
第 6 期 最高位戦挑戦手合五番勝負第 4 局
最高位 藤沢 秀行
先番 九段 坂田 栄男
第 4 譜 (167 - 263)

　上に古い棋譜になりますが昭和 36 年に行われた藤沢秀行・坂田栄男両棋士が戦った最高位戦の終局図を示します。まだ、空いたところがありますので、まだ、終局ではないように思う方がいるかもしれませんが、これで終局です。あとは双方で駄目を詰め合い、整地して勘定に入ります。勘定して地が多い方が勝ちになります。

　将棋の場合、手は盤の外に書かれます。囲碁は石に順番を付けて盤上で表します。将棋の駒は馬や人を表しますので"手・こと"は盤外に記録されます。囲碁は盤上に記録されますが、これは石自体が"もの"ではなく"こと"であるからです。

　私達は"はたらき"を考える場合、無駄な"こと・はたらき"を"意味がない"とします。囲碁は終局でも勝敗に関係がない空点が残りま

すが、それは意味がないと判断され残される（駄目と呼ばれます）のです。つまるところ、囲碁の終局は"意味ある手を打ち尽くす"ことにあります。

　囲碁は"意味のゲーム"と云われ、終局には2人の合意が必要になります。そしてまた、終局と勝敗が分離しているにもかかわらず、長生や3劫のような無限性が残ります。

　私達は"はたらきとその意味"が客観的なものであると考えがちですが、共感によって社会性（他人との共通認識）を得てはじめて価値が生まれます。その根拠は刻々と消える"こと"にあり、心の持ちようによっては無限性の罠に陥ります。

　意味のゲームである囲碁は難しい・とっつきにくい印象がありますが、それはルールが複雑だからではなく、意味自体にある深さがあるので感じることです。

　"意味"とは何かと問われても、辞書にある類語にかえて答える程度のことしかできません。私達の"はたらき"にしても、生活費を稼ぐためにいやいやする時間の浪費と考えがちです。

　西遊記は囲碁と同じく私達のはたらきとその意味を問いかける物語でもあります。

第4章　旅立ち（第23〜31話）

1、四聖と人参果の段（23〜26話）

　さて、碁盤の用意ができた碁一門はいよいよ碁を打ち始めます。

　23話の表題は"根本を忘れぬこと"とあり、観音菩薩が3菩薩と妖怪に化けて凡心を訓戒する図となっています。

　観音菩薩が母親役、それに文殊菩薩と普賢菩薩と黎山老姆が娘役です。文殊菩薩と普賢菩薩は知恵と行動の菩薩とされます。また、普賢菩薩は女人成仏を説く法華教に登場することから、女性の信仰を集めた菩薩とも云われ羅刹女と同じ眷属ともされます。それに道教の黎山老姆が誘われて参加です。

　まずは安楽に暮らせる入り婿の誘惑、これは入り婿の経験がある八戒がはまり、代表して懲罰を受けます。

　さて、24話から3話・人参果は世にも珍しい果物の話です。実の形は生まれて3日後の赤ん坊そっくり。ちらっとでも匂いを嗅げば360歳まで生きられるというしろもの。五荘観の主人鎮元子は三蔵と旧知の間柄で、三蔵が来ることを知っています。修行があり留守するについて、童子2人に人参果を2つもいで渡し、三蔵法師に出すように言います。特に弟子達には注意し知られないようにとも言づてです。さて、三蔵が一人になったところでお茶と共に人参果を出しますが、生身の赤ん坊と見た三蔵は食べません。すぐに腐る実ですから、2人で分けて食べます。それを盗み見した3人の弟子達が勝手に

実をもぎ食べてしまいます。

　盗んだ盗まないの問答、頭にきた悟空は木を倒してしまいます。

　困り果てた2人の童子、知恵を絞って4人を閉じ込めて師匠の帰りを待とうとしましたが、孫悟空の術にはまり眠っている間に、逃げられてしまいます。

　さて、帰ってきた鎮元子、すぐに追いかけ一行を逮捕。いろいろいきさつはありますが、木を回復すれば許すことで合意。悟空は天界をめぐって助けを求め、最後に観音菩薩の助けを借りて再生します。三蔵も観音菩薩も人参果を食べ、めでたく鎮元子と義兄弟のちぎりを結ぶお話です。

　西遊記の中には取経の旅と安定した政治を期待する心が重なり合っていることは触れましたが、同時に仏教と道教の間にある確執（唐代末期、会昌の廃仏と呼ばれる仏教弾圧があり、そのために密教は中国で滅びたとされます）を乗り越え和解する願いも込められているようです。最後に、"けんかしなければ友にはなれぬ"とあります。

　ここは陰陽五行とエントロピーの概念が重要ですから、少し触れておきましょう。

2、陰陽五行説の概念

　ここで干支とまつわる陰陽5行の思想についてお話しておきましょう。

　この世界には物質と共に、それを生成発展させる力、いわば動力因があることは宗教や文化には広くある考え方で、ギリシャや中近東

ではロゴスと仏教では法と呼びます。中国では老子は道（タオ）としましたが、易では陰陽五行説としてより具体的な形で提示しています。

10干は太陽の5つの惑星（その中に地球も土として土星と重なるように入っている）の力が地球上の木・火・土・金属・水に表れるとする考え方が基礎にあることは既に触れました。陰陽5行はそれは物の性格だけではなく、物を生成発展させる力にも表れるとする考え方です。

5行相生とは力が重なり合う関係という意味で、木は燃えるので木生火、火は灰を作るので火生土、土は金属を生むので土生金、鉱床が水を生じさせるので金生水、水は木を育てるので水生木という関係です。

逆に相剋説は対立するないしは抑制する関係で、木は土に侵入するので木剋土、土は水をせき止めるので土剋水、水は火を消すので水剋火、火は金属を溶かすので火剋金、金属は木を切るので金剋木というようにです。

対立する関係は問題を顕在化させあらたな力を生みますが、問題がない状態を好む現代では"相性が悪い、

縁起が悪い"とされ、避けることが賢い選択であるとする傾向になります。

　この陰陽5行の関係の土を中央から外へ持ってくると下の図になります。相生の関係は円を描き、相剋の関係は人の形を示す五芒星（ペンタグラム）となります。

　易の魔方陣の章で、季節は90日としましたが、ひとつの季節は72日と18日に分かれ、18日の方を土・土用と呼びました。ウナギとの関係で、夏だけが有名ですが、各季節の最後の18日が土用です。(90日×4＝72×5＝360)

　季節も盛期を過ぎて衰えていきます。その時、視点を変えて新しい時代（季節）を作る力が必要になります。それと同じように、どのような組織も（国も企業も例外ではなく典型です）成長の中に、自ずから衰退の動機を持っています。そこに手を入れ、新しい環境に対応するような整備が必要になります。これが季節の末の土用であり、そこには相生と共に相剋が働きます。この順逆両方の相が渦巻く場が土用であり、死と再生の働きを見ているのです。

　さて、人参果は赤ん坊のような姿をした赤い果物、これは生命の象徴と見て良いでしょう。人参果は五行と相性が悪いとされています。これは五行に順逆2つの流れがあり、相剋の力から生命の誕生あるいは創造が生まれるとの意味と解します。

　この果物は草還丹と呼ばれ、場は五荘観です。ソウカンは相は環る（メグル）字と重ね、環る相から生まれる端（析出物というような意味？）、ないしは5つの相の環る館と云う意味になります。

枯れる木の喩えは、その循環を支える氣（気は内の米をメと読み略した字）の衰えを意味しますから、三蔵法師は人参果を食べて氣を得てはつらつとなるのです。

　上記鎮元子と孫悟空の義兄弟はその象徴であると共に、仏教の空が老荘思想にある無・道・氣とよく似た概念である見方も含まれています。

3、エントロピーと能と浄

　上記陰陽五行は中国の思想から生まれた考え方ですが、近代科学の熱力学で発見されたエントロピーの概念とよく似ているので、すりあわせ作業をしておきましょう。

　16世紀のヨーロッパは、東洋との活発な交流や新大陸の発見によって、生活水準も上がり、開発が進んだことによって、当時の主たる材料であり、エネルギー源であった木材資源の枯渇に直面します。

　それ以降盛んに永久機関が考えられるようになりました。それは次の2つのタイプです。

　＊最初にエネルギーを入れれば、その機械が自分でエネルギーを作って動く機関。エンジンは一見エネルギーを生みそうに見えます。

　＊空気や水のような常温のエネルギーを使って動く機関。たとえば、海水の熱をエネルギーにして動くような船。

　そのような永久機関はないことを明らかにしたのが、熱力学の法則と呼ばれる原理です。これはようやく19世紀末に確立しました。

それが次の2つの法則です。

* エネルギー保存の法則：宇宙の総エネルギー量は一定。エネルギーを創造する機関はないという意味で第一タイプの永久機関を否定しています。
* エントロピー増大の法則：仕事をするとエネルギーにはエントロピーと呼ばれる質の悪さが生まれ自分では元に戻らない。質の悪い常温のエネルギーでは機関を動かせないという意味で第二タイプの永久機関を否定しています。

19世紀末にはこのエントロピーが分子レベルの挙動として説明され、そのメカニズムがはっきりしました。エントロピーとは分子が混じり合ってバラバラになるその程度でありました。

バラバラであることと、エネルギーの関係をもう少しくわしく説明しましょう。

今ここに80度のお湯と20度の水があるとします。これを混ぜると50度のお湯になりますが、いったん混ぜたら80度と20度の水に戻ることはありません。分かれていれば80度までの温度のお湯が作れますが、一旦50度になると50度より高いお湯は作れません。これがエントロピー・質の悪さという意味で、一旦混ぜたら元に戻れない性格を不可逆性と呼びました。

それでは80度と20度に分かれていることと、50度で一緒になるとはどのようなことでしょうか。

高い温度のお湯では分子が早く動いています。逆に低い水ではゆっくり動いています。この2つを混ぜると対流が起こり混合します。

そして50度に近づき、やがて動きが止まるように見えます。これを平衡状態といいますが、分子単位で見ると、前のまま動きの速い分子と遅い分子として動いています。そして1つ1つの分子にとっては、どこにいてもかまわないようになります。それがばらばらになっている状態です。

どこにいてもいいわけですから、速い分子だけが集まって80度のお湯になったり、まだら模様の温度状態になったりすることがあってもいいはずです。しかし、そうはならず全体としてみると一定の（50度の平均的な温度）現象しか表われません。

この原理の発見は神が作った美しい世界を追求する近代科学者達に深刻な動揺を与えます。エントロピーの概念はやがてこの世界は質の悪いエネルギーに満たされて滅びることを意味するからです。

地球は太陽からエネルギーを受け、宇宙に廃熱をだして更新されていきます。しかし、宇宙はやがてエントロピーに満たされます。この静かで暗黒の世界、これを宇宙の熱死と呼び、その不安におびえたのです。神はサイコロを振って宇宙の進路を定めているのか、との疑念が近代科学者達をおびやかしました。

エントロピーの概念を考えると、桃太郎伝説の"おじいさんが山に柴刈りに、おばあさんが川に洗濯に"と云われる奥深さに驚かされるのです。柴はエネルギーであり、そこから生まれるエントロピーと呼ばれる垢をおばあさんが洗濯し、という意味が浮かび上がるからです。西遊記の能と浄がそれに対応することは容易に理解されましょう。

それはさておき、もう少しエントロピーの話を続けます。エントロピーの概念の例としては金属の錆びがわかりやすい例です。純鉄は自然界では酸素と結びついて、熱をだして酸化していきます。もろく、質の悪い材料になっていく過程はエントロピーの不可逆過程と考えることができます。この過程を逆流させるのが吹連や鍛造という方法です。こう考えると、錬金術はエントロピーを遡る思想が含まれていることに気づくことでしょう。

　人が考え、発見・発明・工学的過程を作るのは、多くはこの不可逆過程を遡る作業なのです。最近の IPS 細胞なども細胞が生まれ機能的に分化していく過程を遡り再現する方法であることを理解できましょう。

　まことに、陰陽五行の相剋が人の形をしていることや、土用の働き・これは相撲の土俵上の戦いが象徴されているわけですが、深い原理を語っていることに驚かされるのです。おばあさんは川を遡りおじいさんと出会って桃太郎が生まれますが、人参果も五行相生と相剋の狭間で生まれるのです。

　このような相を考えた時、12 話で保留にしていた相良の寓話の意味も解けましょう。劉全は立善で相剋・創造を表し、相良は五行相生・成長を表し、その合流するところから新しい船出が始まる図があります。この 2 つの小さな物語も舟が出る三角州の支流を示しているのです。

4、白骨夫人および黄袍怪の段（27〜31話）

　さて、次の27話です。一行は娘の妖怪に出会います。孫悟空が退治しようとしますが、逃れて老婆姿ついでおじいさん姿で表れます。孫悟空が殺すと白骨の山が残されます。猪八戒のしつこい讒言があり、妖怪を分別できない三蔵法師は人を殺したとして孫悟空を破門します。孫悟空はふる里に戻り水簾洞の再建に努めることになります。

　さて、残された一行は横袍怪の一門と出会い、三蔵法師は捕まります。三蔵法師は黄袍怪の妻（これは宝象国の公主です）によって解放され、宝象国の王に手紙を託され届けます。宝象国の王は三蔵法師に妖魔を倒し公主を救うことを頼み、猪悟能と沙悟浄が出陣です。猪悟能は戦意なく草の中に鼻を突っ込んで、戦いの終わるのを待つ始末。沙悟浄は捕らえられ、公主と出会い、三蔵と同じような運命をたどります。横袍怪は逆に城に出向き、三蔵法師を虎に変え、婿殿としてお城に入ります。竜馬が気づき戦いますが、傷つき敗れます。眠りから覚めた猪悟能は王の助けを得るつもりで城に戻りますが、そこで傷ついた龍馬に会います。龍馬懸命の説得に猪悟能はいやいや孫悟空を呼びに水簾洞に出向き、孫悟空が戻りようやく妖怪を退治することとなります。

　さて、27話から31話までは孫悟空が破門されいなくなる2回目になります。孫悟空は三蔵法師の立志を意味していますので、三蔵法師が取経の旅を断念する危機と考えて良いでしょう。そのような観点から読み解いてみましょう。

白骨の山、これは多分、老と死への恐怖を意味しているのでありましょう。人参果の段で命を学んだ三蔵法師は3度、老と死の恐怖に駆られたのです。

　志を失った三蔵法師は黄袍怪（黄法界：マナ識にある仮の法界というような意味でありましょう）の誘惑に負けそうになります。自ら公主を助け宝象国の宮廷に入り、虎の黄色い服を着て収まります。

　前回の6根を殺したとき、孫悟空は自省して戻り戒の象徴である禁錮をつけますが、今回の孫悟空は美猴王に戻りふる里水簾洞の再建にいそしんでいます。三蔵法師の心は孫悟空と同じく皇帝の象徴である黄色い服を着た虎に満足しているのです。

　いつもぶるぶる震えて機能的には何もしない三蔵法師が自ら公主を助けようと動きます。ペルソナである三蔵法師も内実である孫悟空も般若の叡智界を諦め、現世の王座に住み着く危機を表しています。最後は竜馬の呻吟が猪悟能の目覚めをうながし、かろうじて孫悟空・志が戻り、回復することができるのです。

　さて、妖怪は何者であったかについても確認しておきましょう。

　孫悟空は玉帝に頼み天界を調べて貰います。星座28宿のひとつ奎星が男女の約束をした玉女が下界に先に降りていたので、追いかけて下界に行き夫婦として13年暮らしたとのこと。これを機会に天界に戻りますが左遷されて大老君の炉の火焚きとなり、精勤のあかつきには復職もありとされました。

5、奎星と易

この段の話はかなり込み入った話に見えます。なぜ妖怪が28宿の奎星なのか。

28宿は7日単位で曜日が割り当てられ、木曜日・木に当てられているのが奎・井・斗・角になります。西遊記では獣の禽が与えられ4木禽星と呼ばれ、奎星には狼が割り当てられているわけです。

奎は大（鳥居に見えます）の下に圭が入りますから、易とも関係がありそうな字形です。音から引いて易の火澤睽（ケイ）卦を見ましょう。象形と卦辞・象辞を示します。まさにこの段の意とよく合います。火澤睽（睽はそむき違うの意、火はのぼり沢は下りそむきあう卦象による）

卦辞：睽は小事に吉なり。

火澤睽

（彖伝）：睽は、火動きて上り、沢動きて下る。2女同居して、その志は行いを同じくせず。説（ヨロコビ）て明に麗（ツ）き柔進みて上行し、中を得て剛に応ず。ここをもって小事に吉なるなり。天地は睽（ソム）けどもそのこと同じきなり。男女は睽（ソム）けどもその志通ずるなり。万物は睽（ソム）けどもその事類するなり。睽の時用、大いなる哉。

（象伝）：上に火あり下に沢あるは睽なり。君子もって同じくして異なる。

爻辞

（初九）：悔亡ぶ。馬を失うも逐うことなかれ、おのずから復（カ

エ）る。悪人を見るも咎なし。象に曰く悪人を見るは、もって咎を避くるなり。

（九二）：主に巷に遇う。咎なし。象に曰く、主に巷に遇うとは、いまだ道を失わざればなり。

（六三）：輿（クルマ）の曳かるるを見る。その牛掣（ヒキトド）めらる。その人天（カミキラレ）劓（ハナキラ）らる。初めなくして終わりあり。象にいわく、輿（クルマ）の曳かるるを見るとは、位当たらざればなり。初めなくして終わりありとは剛に遇えばなり。

（九四）：睽（ソム）きて狐なり。元夫に遇い、こもごも孚あり。厲（アヤウ）けれど咎なし。象に曰く厲（アヤウ）けれど咎なしとは志行なわるるなり。

（六五）：悔亡ぶ。厥（ソノ）宗（トモガラ）膚（ハダエ）を噬（カ）む。往くも何の咎かあらん。厥（ソノ）宗（トモガラ）膚（ハダエ）を噬（カ）むとは往きて慶あるなり。

（上九）：睽（ソム）きて狐なり。豕の泥を負うを見、鬼を一車に載す。先にはこれが弧を張り、後にはこれが弧を説く。寇（アダ）するにあらず、婚媾（コンコウ）せんとす。往きて雨に遇えば吉なり。

こう見ると、この卦に似ます。馬を失うとは龍馬がロゴスとすれば、ロゴスを失いチームが解体状態になります。六三の悟空はまさに刑罰にあい追放されます。後には陽爻の猪八戒に会い戻ります。九二

の猪八戒は豕として泥にまみれグウグウ、目覚めて悟空に水簾洞まで会いに行きます。最初どこに居るかわからなかった龍馬も戦いに参加、ひとりで危ない目に遭います。沙悟浄は妖怪のもとで妖怪の妻・悪人を説得します。

　最後には雨の代わりに、三蔵の顔に水を吹き掛け疑念が払われ、悟空も三蔵に会うことができるのです。

　三蔵法師も自ら悪人に会い行動します。最後には"ともがら・一行"に再会し"膚（ハダエ）を噛（カ）む"想いをしたことでありましょう。

　睒（ソム）けども志は違えず無事に一行は進むことができます。

6、鎮子碁と黒番先手の碁

　鎮元子にちなんで、鎮子碁の話をしておきましょう。

　現在の日本の碁は黒番が先手で、ハンデはコミをだします。力に差がある場合は置き石を置いて白番が先手で打ちます。

　黒番・白番どちらが先手を持つか、なんでもないように思えますが、なかなか深い理があるようなのです。

　中国や韓国の碁は鎮子と呼ばれる事前置き石があり、白番から打っていました。今でも玄人・素人という言葉がありますが、これは白人・黒人に語源があり、貴人・上手が黒を持っていた名残と言われています。平安時代の碁は鎮子碁であったのかもしれません。

次に朝鮮から伝わった碁盤、正倉院木画紫檀碁局を示しますが、天元を除いた16の星に石を置き、白から打ち始めていたのです。（星

は天元を入れて 17 星の碁盤）

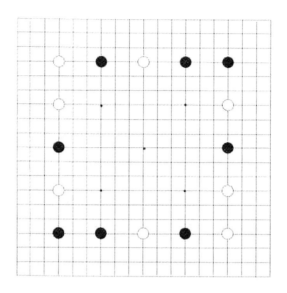

　現在でも置き碁は黒石をあらかじめ星に置き、白から打ち始めますが、これらのことは、囲碁も一定の石を配列した後始まる、すなわち局面から始まるゲームであることを示しています。
　西遊記とも縁が深い南朝梁の武帝簫衍（ショウエン、在位 502 年～549 年）は仏教に帰依し、唯識の経典を翻訳したりしましたが、囲碁も熱心で勅命により品格（官位に習った 9 品の等級）を定め、棋譜を吟味して 278 名を格付しました。（古代囲碁の世界渡部義通著より）
　日本の囲碁は南朝梁の囲碁が仏教寺院を通して移入され、品（段のような格付け）と共に入ってきたようです。格付けがあれば、ハンデ

が必要になります。ごく最近までハンデはコミではなく、手合割り：置き石：によりましたが、その最低単位として"1目置く置き碁"があったのです。それが一手目は右上に打つという礼儀の形で儀式として残されているのです。

　易の思想では陽・白・男は突破する力の象徴であり、陰・黒・女性は受ける・耐える・包む力の象徴です。その意味からすると、白先手は占いから始まったとされる囲碁にとっては自然なルールと言えるでしょう。今は1手目は自由に打てますが、本来は事前に1子右上星に石を置いて始めたのかもしれません。

　将棋は事前に駒を整然と並べ、王様を取ったときに終局になります。局面で始まり手で終わるといえるでしょう。囲碁の終局は意味あるところを打ち尽くしたと両者が同意したところが終局ですから局面で終わると云えます。一方、今の碁は何も準備のないところから始まりますから、手で始まり終局で終わる碁のように見えます。しかし、上記のように歴史をたどれば、局面からはじまり局面で終わるゲームであることになります。

　なんでもない違いのように見えますが、私達の記憶はすべて局面のエピソードの集まりであり、それは時代を超えてランダムに心に浮かびます。

　昨日のことと10年前のことがとなりどうしのように並ぶことがあります。私達の記憶の世界では手が事として時間をつなぎますが、局面では時間は流れていないのです。

　囲碁は時にランガと呼ばれます。囲碁のランガは腐った斧という

意味の"爛柯"です。仙人達が囲碁を打っているのを見ていた樵が一局の内に、斧が腐るほどの時間がたっていたという寓話に基づいて、囲碁のことを"爛柯"と呼ぶようになりました。これは囲碁が局面で始まり局面で終わることから、それがたくさん集まってもわずかな時間しか掛からない、すなわち、時間がゆっくり流れているはずです。それで囲碁のことを"爛柯"というのではないかと思っているのですが……。

ユング心理学を日本に紹介した河合隼雄先生のことばに"意味ある偶然の出会い"とあります。これは患者と向き合うとき、心理学では自他分離を越えて深い交流に至らざるを得ない時がありますが、その時因果律を越えて不思議としか云えないいくつかの事象が重なり合い劇的な治療効果が表れることがあることを指します。

これを共時的現象と呼びますが、これに似た事象は事業の創業者やノーベル賞の受賞者の自伝の中に実はたくさん見ることができます。ひとつだけ例をあげると、カミオカンデを作り、ニュートリノを補足した小柴先生は100年にいちど程度の新星爆発がカミオカンデができるのを待ったかのように起こったことの不思議さを述べています。

時間と空間がひとつに凝縮され、異なった事象が響き合うように集まる現象がこの物理的な世界にさえ、表れることがあります。

これをユングは共時的事象と呼びましたが、これは仏教の縁起律を彷彿とさせます。

碁は局面で始まり局面で終わるゲームですが、局面に力を見ると

き、そこに石には何らの機能はないにもかかわらず、そこにある関係性だけによる力を見ます。

　"爛柯"は時間だけではなく、時空が凝縮されるかのような事象が現にあることを指し、その力が碁盤場の局面にあることを示すことばだと考えられるのです。

第5章　チームの再建（第32〜43話）

1、物語の概要：通読すれば

　ここは立志を失う危機を乗り越えて再び旅をはじめるお話です。

　三蔵一行の最後の状態を見ておきましょう。もともとは妖怪を孫悟空が殺し、それを人を殺したとして、猪八戒の讒言もあり、三蔵法師が孫悟空を破門します。孫悟空はふる里水簾洞に戻り猿社会の再建に努めます。残されたメンバーで黄袍怪と戦いますが、三蔵法師は虎にされ、沙悟浄は捕まり、猪八戒は無責任、竜馬まで参戦しますが傷つき倒れ、全く崩壊状態です。竜馬が懇請し、猪悟能は過去のいきさつを抱え、いやいやながら孫悟空に窮状を訴え、戻ってもらい孫悟空が天界まで調べて解決します。

　一行は再び一緒に旅を始めますが、チームワークはがたがたの状態です。次の32話からの12話はそのチーム力再建の話です。

　まずは金角・銀角が登場する32話から35話まで、最初孫悟空は須弥山・峨眉山・泰山の3山を背負わされるところからはじまります。金角・銀角との戦いになりますが、武器は太上李老君がもつ錬金術の道具です。妖怪の金角・銀角は太上李老君の炉の番人。実はお釈迦様が太上李老君に頼んでかたい意思があるかどうかテストをするために金角・銀角を借りたとのことでした。

　正に三蔵法師の中にいる孫悟"空"が意志として存在するかどうかのテストです。

五行山に埋められたところを思いだす話ですが、五行山を三山にたとえれば孫悟空は五行山の向こうまで遡り、八卦炉に入れられて鍛えられる工程がテストに使われたと考えることができます。すなわち、孫悟空が火眼金瞳を得て風雷益になった状態に戻っているかが内容です。それは無事にカバーして宝林寺に至ります。

　そのテストを終えた一行は宝林寺で静かな夜を過ごし、改めて再出発です。

　最初の烏鶏国の段は烏鶏国王の忌明けを手伝う物語です。かつて、国王を西方浄土に導くために如来の使いで文殊菩薩が烏鶏国に派遣されたことがありました。凡僧の身なりをし、御斎を請い、わざと非難の言葉をかけたところ、国王は怒り文殊菩薩を3日3晩も水漬にしたのです。それを聞いた如来が文殊菩薩の乗りもの・獅子を派遣し、3年間水漬の罰を与えたのでした。その忌明けを手伝うのが、改めて出発する第1話です。

　文殊菩薩がでてきてそれが烏鶏国（有＝烏・酉＝鶏・国）であるとすると、震卦の向こうにある兌卦：申・酉・戌（これは知恵の象徴としました）と結びつけたくなります。震の上の兌は沢雷随卦となります。剛来たりて柔に下る動きて悦ぶは随なり、とあります。出発にはめでたい卦と云えるでしょう。

　もうひとつ、鶏には白玉の珪もあります。圭は時を計る圭表として王権の象徴です。水死した王をよみがえらせる場面がありますが、孫悟空は遺体の回収を猪悟能に押しつけます。それに対して、猪悟能は王の再生を孫悟空の力だけでやる（閻魔のところに依頼するのでは

なく) よう三蔵法師に禁箍を使うようけしかけます。それを受けて太上李老君から丹を分けて貰い孫悟空が再生させます。ここは黄袍怪の段に見られた現世王権に対する未練が再生されたと見ます。そう考えると、立帝貨と自分を呼ばせる意味が浮かんできます。帝の字は語の象形としては圭表を表しますから、錦糸の宝と珪宝を取り替え（貨幣は交換という意味を持ちます）王権を立てると読めます。

　最後に王様が玉座を譲ろうとしますが、きっぱりと断ります。これは現世の誘惑に未練を断ったことを意味しましょう。

　次の回は旧知の牛魔王の子紅孩児が聖嬰大王と名乗り、三昧の真火を武器に一行を悩ませます。観音菩薩が金箍をはめ善財童子として従わせることで解決です。ここは震卦の上に火である離卦が乗る噬嗑（ゼイゴウ）卦が表れます。噬嗑（ゼイゴウ）卦は口の中の物を嚼む形・象とされ、"獄を用うるによろし"とされます。誠に箍をはめ従わせる卦といえるでしょう。

　そして、黒河の段、これは魏徴に切られた老龍の９人の子供の１人（ダケツ）が河神を押しのけて黒水河を占拠して三蔵法師と猪悟能を捕らえ、料理しようとしている図です。龍の一族で問題解決、孫悟空も西海龍王の親子の顔に免じて許します。三蔵法師も猪悟能もよく河の構造を知っている和尚・沙悟浄が助けることとなります。ここは龍と三蔵法師一族との和解を示すと云えるでしょう。龍を表す乾卦の上に巽卦が乗り小畜の卦が表れます。

　龍は老龍の首をはねる場面だけではなく、須菩提祖師のところから帰った孫悟空が金箍棒と服装を強奪し、玉帝に提訴されたことも

思い起こしておきましょう。

　ここから再出発しますが、河神の力で河をせきとめ再出発です。巽卦を澤卦が乗せる中孚が表れます。

　この卦を並べると次のような意味が表れます。

澤雷随　　：随従の意。兌卦の陽爻2本が震卦の陰爻2本に下った卦象とする。兌は悦・説、震は動、動いて説（ヨロコブ）の卦象とする。

火雷噬嗑：ものを噛み合わすの意。上九と初九の間に4 九が挟まれている象が口にものが入りかみ砕く卦象とする。奸悪の人を法に照らし処罰する卦象とする。

風天小蓄：小は陰、畜はとどむの意。四六の陰爻がのこり5本の陽爻を引き留める卦象による。卦辞に"密雲あれど雨降らず"とある。

風沢中孚：心中に孚（マコト）ありとの意。上卦風は巽、下卦兌は悦・説、説（ヨロコン）で巽（シタガウ）卦象による。卦辞に"大川を渉るに利ろし"とある。

　志を失う危機でチームワークが乱れた一行は、八卦炉に焼かれたテストを受けて無事スタート時点に立ちます。黄袍怪の段で見られた現世の誘惑を断ち、行・戒・和のステップを踏んで、小畜に至り一段落、改めて河を開き風沢中孚：希望に満ちた出発をする図となっています。

2、36話宝林寺の段

　上の解釈で意味がとおり、何の問題もなさそうです。

　物語の先読みになって恐縮ですが、この先に大きな問題が待ち受けています。それを暗示するのが、黒河という不気味な名と渡った先にある車遅国です。三蔵法師を車に見たて、"遅くれるほどの難が待っている"とも読めますが、文殊菩薩の関係もあり、"捨智国"とも読めるかもしれません。

　36話・宝林寺の段は妖怪も出ないで、1行は月を愛で、弟子達が寝た後も三蔵法師が読経する静かな晩です。もう少し詳しく内容を読んでおきましょう。

　宝林は法輪と読みます。輪は円形の鉄でできた投げる武器に語源があるとのこと。仏宝を守る武器ないしは仏法を広める力と解釈されますから、3つの宝のうち9輪の錫杖はこれを指すのかもしれません。お寺の中には大きな仁王像が目につきますが、仁王の持っている武器が法輪です。

　お寺は立派な寺のようですが、住職はかつてここにきた坊主どもの所業を盾に他の宿で泊まるよう促します。中に入らず悪さばかりして周辺を汚す坊主どもです。これは多くの仏教徒が法輪の本質を論じないとする比喩でありましょう。三蔵法師は法輪の真価を得るためにどうしても中に入り泊まらなければならなかったのです。

　銀角の段で孫行者の名を行者孫、者孫行と回転させて、紅胡蘆に吸い込む話がありますが、一行は似たような力で法輪寺に呼ばれたの

かもしれません。

　静かな月の満ち欠けを論ずる一行、6道輪廻の道を脱し極楽浄土に進む道を論じていたのでありましょう。

　次に易の先天図を示しますが、ここでの会話はこの図によります。この図で月の満ち欠けの話をまとめておきます。以下は孫悟空が三蔵法師に教えるという体裁になっています。

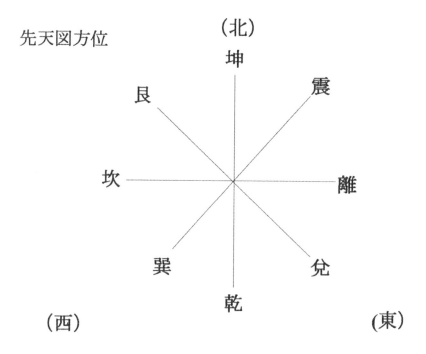

　30日の晦（ツゴモリ）は五行で云えば、陽の金（庚・辛）がすっかり消えて陰の水（壬・癸）が満ちてとありますが、これが坤卦に当

たります。

　晦と朔（ツイタチ）の間に両日の間に陽光を感じて孕みます。やがて3日になると1陽が現れ、8日になると2陽が生じます。これが震卦と兌卦です。兌卦が上弦の月としています。やがて15日になると3陽すべてそなわるのでまんまるになります。これを望（モチ）と云います。これが乾卦に相当します。

　16日になると1陰が現れ、22日になると2陰が生じる。これが巽卦と艮卦です。坎卦が下弦の月に相当します。そしてまた、30日晦がきて循環するわけです。

　孫悟空は説明の後、次のように云い、歌を披露します。三蔵法師は目からうろこの思いです。

　そして28（ニハチ）を養い99（クク）の功を成しとげたときこそはいとも簡単に御仏にお会いできましょう。

　前弦のうしろと後弦のまえ（離卦と坎卦に相当し、説明からは外れています）
　　薬味は平坦ですべてはよろし
　　採って帰って炉中で練れば
　　志心の効果がみのって西天

　これは見えていないがある（空）卦の間に水平の地がありそこから薬味を拾って鍛錬すれば西天に到着できると云ったことになります。

101

その卦は坎・離ですから、坎卦の上に離卦が乗った水火既済に相当します。

これは第2回のところにある須菩提祖師と悟空の会話を思い出します。もう少し詳しくその場面を確認しておきましょう。

ある時、相当修行が進んだという悟空に対してまだ3つの災いを防ぐ修行が残っていると云います。それに対して孫悟空は"道高く徳盛んなれば、天と寿（ヨワイ）を同じくする、水火既済にして百病生ぜず と学びました、どうして3つの災いなどありましょうか"と反論します。その時祖師は3つの災いの内容を話します。500年後に孫悟空を打つ雷、次の500年後に陰火がもたらす火の災い、次の500年後にくる贔風（ヒフウ）の災い、の3つであるとします。その対策として72の術や觔斗雲に乗る術などを学びますが、その途中で破門された形になっています。

"天と寿を同じくする"を受けて斉天（テントヒトシイ）大聖と名乗り玉帝に退位をせまりますが、失敗して天を点と読み替え再出発している物語がこの西遊記であることは了解頂けることでありましょう。

ここでは"水火既済"を途中の戦略目標として斉天を西天と置き換え順序づけをしていることになります。

3つの災いに対する対策と"薬味を拾って鍛錬する"という意味がどのように西天に至る道とつながるかという課題を意識しておきましょう。

それに対して悟浄は弦の前が陽、弦のうしろが陰に属し、陰中に半

分あるとき、水と金を得ることができるというばかりで、肝心なことは云っていないとして、次の歌を歌います。

　木と火が助け合うのも縁なり
　総ては土母に頼めばよろし
　3人の仲間のもめごとなくば
　水は長江にお月様は天上に

　三蔵法師は蒙を開かれたとされますから、孫悟空と共に悟浄の言説も三蔵法師の心を打ったことになります。
　土母である自分を頼りにして八戒と孫悟空が助け合えば、長江（允卦でしょうか）の上に月が掛かる形で、西天へ到着できると読めます。
　この話を聞いた三蔵法師は蒙を開いたとあります。坎卦の上に艮卦が乗った形が山水蒙という卦です。下に示しますが、卦辞は次のとおり云います。"蒙は亨る。我より童蒙を求めるにあらず、童蒙より我に求む。"

山水蒙

山の下の水の卦象です。水を泉と読めば、険まだ行く末定まらぬ卦象。水を険、山を不動と見れば、険にあってまだ身動きできない。それで童蒙とします。

三蔵は改めて自分たちが童蒙であることを再確認したことでありましょう。

いずれにしても、一行が団結力を高め、目標を共有して、水火既済あるいは長江と月を求めて旅を続けることが求められます。

ちょっと気になるのは、悟空と八戒の仲の悪さは火と木（金と水ではなく）の性の葛藤にあると云っているように聞こえますが、記憶に留めておきましょう。

3、西遊記と梁武帝・簫衍（ショウエン）

36話は弟子達が寝た後に、三蔵法師はひとり「梁皇水懺」を念じ「孔雀真教」を読み深夜に至ります。そこに烏鶏国王が夢に出てきて37話がはじまります。この注釈によると、「梁皇水懺」は南朝梁武帝の故事によるとのこと。注釈にはさらに福建省泉州のお寺にあるレリーフの話が紹介されています。唐三蔵が帰還した後、梁武帝に会って般若心経を手交する場面と解する説の紹介があります。

梁武帝・簫衍は三蔵法師が取経の旅に出る動機となる唯識を訳出した皇帝です。梁は三蔵法師が取経の旅に出る貞観年間のおおよそ120年前に建てられた南朝6朝のひとつです。

この皇帝簫衍は斉を倒し梁を建国します。38才（西暦502年）で皇帝となり、86才（西暦549年）で亡くなります。最後は帝位を簒

奪され、幽閉されてほとんど食事も与えられず、悲劇的な最後をとげます。大変優れた文人政治家で、壮年期には政治・文化・軍事共に優れた事跡を残し、江南の春と呼ばれるような時代をつくりました。高齢になるにつれ、仏教に帰依すること甚だしく、政治がおろそかになり治世が緩み乱れます。

　皇帝は西暦546年（晩年ですが）に学僧パルマルータ（真諦）をインドから招き、唯識の経典「摂大乗論」を漢訳します。それを学んだ三蔵法師は不明な点をインドに行って原典梵語によって学びたいと取経の旅に出たとされます。

　38話は井戸から烏鶏国王の亡骸を救い、生き返らせる場面ですが、三蔵・悟空・八戒が駆け引きをします。それはなかなか意味深長な掛け合いです。

　悟空は八戒を連れ出しますが、三蔵に八戒に肩入れしないように釘をさします。井戸から亡骸を救い出すには八戒の力が必要だと思ったからでしょう。八戒には妖怪の宝物を取りに行く、宝物は八戒のものとしていいと欲を餌に誘います。

　井戸を探して、井戸の中に降りていくのは八戒の役目です。亡骸は井戸にも龍王がいて大切に保管していたので、きれいな状態で保存されていました。八戒はお宝が死体とわかり不満たらたら、龍にも当たりますが、龍は消えて死体だけ残されます。

　悟空は死体が宝だとなだめたり、死体を引き揚げなければ残して帰るとおどしたり、何とか死体ごと八戒をひきあげます。

　三蔵のところに死体を運びますが、今度は八戒が悟空に生き返ら

せる宿題を負わせます。なんと三蔵をけしかけて禁箍術を使わせ、閻魔大王のいる冥府までは行かず（これは悟空は簡単にできると踏んで）、この世で生き返らせることを強要するのです。悟空は太上李老君のもとに行き、しぶる李君からなんとか金丹を一粒もらい受け、死体に呑ませ生き返らせます。お腹がごろごろ鳴ると、三蔵は息を吹き込んで蘇生させる役を八戒ではなく悟空を指名、負わせます。

　その前に八戒は死体を指して、悟空のおじいさんと呼ぶくだりもあります。

　このようにして、烏鶏国王は「梁皇水懺」を念じ「孔雀真教」によって呼び出される孫悟"空"のおじいさんであり、天界を頼らず金丹（これは両虚子の段から"ことば"を象徴すると見ます）と"空"を吹き込むことによって生き返る何者かという意味が表されています。すなわち、烏鶏国王は三蔵法師がインドに行き勉強し直して改めて漢訳した唯識の経典を指しているのです。"空"のお父さんを般若心経とすれば、おじいさんはその原典ということになりましょう。

　取経の旅は西遊記では 14 年、実際には 16 年と伝えられていますが、玄奘三蔵は太宗が政務の補佐を要請するのを断り、生涯を持ち帰った経典の訳出に捧げます。

　なにげないこの段のやりとりも、玄奘三蔵が唯識の経典を訳し生き返らせた生涯を指すと考えれば、改めて再出発のこの段の寓話も深いものがあります。

　ここで、井戸に関わる水風井の卦を示します。
水風井（井は井戸、木桶を水に入れてあげる形象による）

卦辞：井は、邑を改めて井を改めず。喪うなく得るなし。往来井を井とす。汔（ホトンド）至らんとして、またいまだ井に繘（ツリイト）せず、その瓶（ツルベ）をやぶる。凶なり。

水風井

（彖伝）：水に巽（イ）れて水を上ぐるは井なり。井は養いて窮まらざるなり。邑を改めて井を改めずとは、すなわち剛中をもってなり。汔（ホトンド）至らんとして、またいまだ井に繘（ツリイト）せずとは、いまだ功あらざるなり。その瓶（ツルベ）をやぶる、ここをもって凶なるなり。

（象伝）：木の上に水あるは井なり。君子もって民を労（ネギラ）い勧（スス）め相（タス）く。

爻辞：

（初六）：井泥して食われず。旧井に禽なし。象に曰く、井泥して食われずとは、下なればなり。旧井に禽なしとは時舎（ステ）るなり。

（九二）：井谷鮒に射ぐ。瓶敝（ヤブレ）て漏る。象に曰く井谷鮒に射ぐとは、与（クミ）するものなけばなり。

（九三）：井渫（サラ）えたれども食われず。我が心の惻（イタ）みをなす。もって汲むべし。王明らかなれば、並（トモ）にその富を受けん。象に曰く、井渫（サラ）えたれども食われずとは、行くもの惻（イタ）むなり。王の明らかならんことを求むるは、福を受けるけんとてなり。

（六四）：井甃（イシダタミ）す。咎なし。象に曰く、井甃（イシ

ダタミ）す、咎なしとは、井を修むるなり。
（九五）：井洌（キヨ）くして寒泉食わるる。象に曰く、寒泉食わ
　　　るるは中正なればなり。
（上六）：井収（ミズク）みて幕オオウことなかれ。孚あれば元吉
　　　なり。象に曰く、元吉にして上に在り、大いになるなり。

　往来井を井とす。通りがかる人が誰でも冷たい水を得ることができる井戸。まことに経典に擬してふさわしい卦と言えるでしょう。
　この卦は八戒・炊の下に悟空・巽が入る卦象です。八戒は五行では木を配当されていますので、巽卦の代わりに水の中で木桶の役割も担わされ悪戦苦闘。悟空は上で金箍棒で木桶をつり上げる構図となっています。
　この卦象から云えば、八戒の下に悟空が入って木桶の役割を果たし、悟浄か三蔵が引き揚げる図がこの卦の象形です。ここに八戒と悟空の間に木の仕事をどちらがやるのか、との差し手あらそいのようなことが起きているのです。そう考えると、第3回では龍の処に金箍棒その他龍のお宝を強奪しに行きますが、その時悟空は水の中もへっちゃらです。それが八戒に会った後は悟浄を迎える段も含めて、水の中に入ることは注意深く避けています。蟹などに化けて入ることはあっても、生身で入ることはありません。
　悟空と八戒の仲の悪さは行と戒、火と水だけではなく、木をめぐる主導権争いも含まれているのです。
　この36話からの出発の章は烏鶏国とありますが、烏鶏は酉・有珪・

有教と多義的な意味が込められ、悟空と八戒の仲の悪さの根本まで示しているのです。

4、三蔵法師一家のチーム力

上記のように、36話は一行が目標の再検討を行う回でありました。その入口に梁武帝の挿話を入れて、大乗経典の取得の旅が、具体的には唯識の経典の真意を学んで翻訳し、井戸のように民衆にあまねく伝えることで示し、改めて取経の旅の意義を示しています。

36回、ここで沙悟浄が孫悟空に対抗して自分の役割を主張しているのにちょっと驚きます。果たして自分の役割に目覚めたと云うことでありましょうか。

ここで改めて、このチームの構成を考えておきます。

三蔵法師は2人の供、馬、観音菩薩から預かった3宝、3つを蔵した舟として出発します。2人の供は寅将軍と熊（ユーザンクン）と牛（特処士）の妖怪に食べられ、馬は龍に食べられるために居るようなものですから、裸一貫3宝だけもっているだけです。

14話から22話で4人の供に会いますが、龍は馬を食べて竜馬になりますが、これは推進力・ゲームのルールとして三蔵法師を支えます。孫悟空・猪悟能・沙悟浄がチームの構成員に当たりますから、野球で云えば三蔵法師が監督で選手が弟子3人になります。監督はぶるぶる震えて何もできない、あまり優秀な監督ではないようです。

3人の法名は観音菩薩が準備の段階で与えますが、沙悟浄と猪悟能は直接、孫悟空は孫悟空が須菩提祖師に貰った名前を追認していま

す。

　能と浄は陽と陰の関係を示し、例で云えば、桃太郎のおじいさんの柴・エネルギーとおばあさんの洗濯・エネルギーで生まれるエントロピーを始末する関係、とお話ししました。この関係に於ける空は多義的な形で物語に埋め込まれています。

　能は高家でよく働くが大食らいの性格からつけられた名ですが、浄は河の底に住み９つのどくろをぶらさげて取経の僧を殺す・沙（殺と同音）としてつけられた名です。殺すことも浄には違いありません。

　三蔵法師は後から登場、出会ったときにそれぞれあざなを与えます。いわば守備位置を示すようなものでありましょうか。

　最初に孫悟空に会い"行者"とつけます。行は行動を意味しますから、空から陽の役割に変わったと考えて良いようです。もともと八卦炉で金瞳火眼を得ていますので、物語の中でも陰陽五行の火と金（陽）の役割を得ますが、ぴったりはまり益々張り切って仕事をすることになります。

　猪悟能は孫悟空が空から陽へ転換したので、押し出されるように八戒として戒の役割を与えられています。戒はいましめる役割です。行動を抑えて軌道を修正する意ですから、陰の役割になります。物語でも陰陽五行の陰である木と水を配当されています。もともとが陽の性格である亥（猪突猛進・右肩あがりの字形）ですから、丑（３界を循環し閉じる字形）として陰の役割をといわれてもなかなか職務になじめない訳です。行である孫悟空に馬鹿にされて行を抑える役

割を果たせません。見かねた観音菩薩が三蔵法師に禁錮呪を与え、戒の役割を補足しますが、その使用を煽るぐらいの役割しか果たせません。この戒の力不足がこのチームの構造的な欠陥として随所に現れます。

　さて、最後の沙悟浄です。陰の役割が猪悟能によって代えられますので、空に行けば3者がぐるっと廻るだけで変化はないことになりますが、"空"ではなく"和尚"と指示されています。行・戒・和として行と戒のバランスを取る役割はありますが、もう少し深い意味を与えています。それが陰陽五行の土への配当です。もともと、孫悟空の猴・猪悟能の亥として、沙悟浄は何の動物であるか謎とされていますが、流沙河自体ゴビ砂漠を表し、沙悟浄の沙自体水に少ないの字形ですから砂そのものではないかとしました。もともと沙悟浄は土の性格を持ち、場としての役割を担わされていると考えます。

　12話から37話までの物語の中では、三蔵法師によりそい留守役、常に一緒に居ることが役割とされています。さらに云えば、黄袍怪の段では水簾洞に帰った孫悟空は"和尚"の2字は口に出さなくなったり（ここでの和尚は三蔵法師を指しますので沙悟浄・和尚は三蔵でもあります）、公主が三蔵法師と同じように沙悟浄の縄を解いたり、沙悟浄も公主の手紙の件で黄袍怪に問い詰められたとき、三蔵法師のためなら身代わりになって死んでも悔いはないとして嘘を通します。これらのことは沙悟浄が舟や碁盤に譬えられた三蔵法師と一体となったある役割を示していますが、それが"場の力"だと考えます。

　場は土偏に易と書きますが、東洋には古くから場の文化がありま

す。碁や相撲にはその性格が良く出ています。碁盤を考えて見ましょう。碁盤は単なる板切れにすぎませんが碁を打とうとして、それを見ると碁盤になります。罫線の交点のことを中国では氣といいますが、この字は雨雲が垂れ込めた中に＋（陽・古語では七を表す）と×（陰・古語では五を表す）が混じり合い陰陽が孕む姿を示します。（現在の字形はメになっていますが、これは米の音からカタカナのメを略字として使ったもので字義としてはハラムがトジルと逆になってしまっています）。板切れに氣がこもったとき、碁盤になります。

相撲には戦いの前にいろいろな儀式がありますが、それは氣を促進し、"八氣よい"の状態を作るために行うものです。囲碁にも鎮子碁がありましたが、碁でも氣を満たす儀式が必要なのです。

それはそれとして陰陽五行の土についてもう少し学んで置きましょう。

陰陽五行は太陽の惑星火星から土星までの 6 つを取り出し中央の地球と一番外の土星を重ねて土としたものです。中央の回転軸であると共に外周・縁（フチ）でもあります。土用という言葉は各季節の 18 日を充て土がもつ季節のつなぎの役割を示します。また、戊と己が 12 支の戌と巳に酷似しているのは 12 支との連携を示し、生命が土の上で育まれ、躍動することを意味します。

また、土が外縁を表すことも重要で、易を始めたとされる伏義の伏には包・炮・庖などが充てられています。ある閉じられた空間で氣が満ちるのが場の力でありましょう。

沙悟浄には、三蔵法師と一体となって場に力を与える土の役割が

期待されているわけです。陰としての浄の力を包む力に変えれば、土としての素質はもともとあるわけですから、その自覚が待たれます。36話の沙悟浄の突然の主張は自分の役割をはっきり自覚したことでありましょう。

　このようにして、このチームの構造的な課題を探ると、三蔵法師があざなとして新しい職務分担を与えましたが、その中に問題があることが分かります。それは次の4つですが、物語の中にどう表れるのでありましょうか。

(1) 行と戒のバランスのゆがみが大きい、猪悟能はもともと素質がないようであるので、その力の強化と共に孫悟空の自覚と自制が必要なのかもしれません。

(2) 場の力は沙悟浄は自覚したようですが、それを三蔵法師と沙悟浄がどう実行していけるか。これには他の2人の協力も必要です。

(3) 戒に引かれて猪悟能に五行の木が配当されているが、八卦の巽に引かれて悟空と張り合う関係になっている。

(4) 戒の力を三蔵法師が直接行使、あるいは肩入れすることによる構成員のリーダー・悟空の離反〜これはすでに2回経験していますが、(1)(2)(3)が前提になりますので、まだ孫悟空の職場放棄の危機は内在していると見ます。

第6章　迷走そして中間目標への到着（第44〜61話）

1、車遅国の段から通天河の段へ（44〜51話）

　河神の計らいで河をせき止め、水無川となった黒水河を渡った一行、車遅国に到着します。

　500人の生き残りの僧が、道士の奴隷として荷車を引いているところに出会います。かつて、仏教と道教の雨乞いの争いがあり、勝った道教に帰依した王が仏教を弾圧、仏教の僧は道士の奴隷にされこき使われているとのことです。

　500人の僧と唯一残った智淵寺は太白金星と六丁六甲などの一行の守護神達が守っていたのです。500人の僧達はやがて一行が救いに来ると励まされ、悟空の姿も夢枕で承知しています。

　それを聞いて気分を良くした悟空、監督の道士を殺し500人を逃がし、宿舎の智淵寺に入ります。八戒と悟浄を誘って、三清観と呼ばれる道教寺院に入ります。道教の三尊（太上李老君・元始天尊・霊宝道君）に化けて、お供え物を皆食べて、道士達に聖水と称しおしっこを呑ませるなどさんざんいたずらをして、宿舎（智淵寺）に戻ります。翌日、三蔵とお城に通行手形を貰いに行きます。そこで追いかけてきた、道士の親玉（虎力大仙・鹿力大仙・羊力大仙）と王の前で法力の争いを行います。

　雨乞いの争いは悟空得意の場面、道士の術は本物でしたが、天界の

神々にストップを掛け無理矢理三蔵の勝ちとします。道士が仕掛けた 3 つの法術にかこつけて、3 人の道士を退治します、それは虎・鹿・羊でありました。この物語では妖魔は守護神：お釈迦様、観音菩薩、太上李老君：に救われ、収服されることが多いのですが、それもならず惨めな死を遂げます。

　今まで震卦を超えて、兌卦から次の乾卦・龍に行ったと思っていましたが、鹿を馬の一族とみれば、実は離卦にまだ居た、文殊菩薩の知恵はまだ得ていなかったことになります。

　一見すると、法難に遭った仏教徒を救う話のように見えますが、この間の話を流れから見ると、そう簡単でもなさそうです。地名を読むと車遅国は捨智：文殊菩薩の計らい：を捨てるとも読めます。

　こう考えると、この西遊記が語る道教と仏教の一如を説く西遊記で、法の力で道教を克服する話として読むには納得がいかないことに気づきましょう。悟空は顛末の後、国王に向かって"三教（仏教・道教・儒教）をひとつにして、僧も敬い道士もたっとび、人材も養ってください"と云います。

　47 話から 49 話、通天河の話を見てみましょう。ここは帰りにも寄る場所でもあり、5 万 4 千里とありますので、距離はちょうど半分に達したところです。天に通じる意も含めて注意しながら読んでみます。

　通天河は"亘古少人行"今まで渡る人は少ない車遅国元会県の河です。

　そこに霊感大王廟があり、魔物が住んでいます。その魔物は慈雨を

降らせ良民を救い、風として各家庭に日頃から侵入、村の実情も良く分かっているとされます。霊を0・空と読めば、霊吉菩薩の親戚・もうひとりの孫悟空の支援者であるかもしれません。

その霊感大王は年に1回稚児の生贄を求め、今年の当番が陳家です。そこに豊かな生活を営む陳家があり、名も清・澄という清らかな名を持つ2人の兄弟です。これは三蔵法師の実家に他なりません。そこには苦労してめかけに産ませた2人の稚児がいます。7才の男の子陳関保、8才の女の子陳一坪金（イッショウキン）です。陳家の稚児といえば、孫悟空そのものです。家をあまねく吹く風も巽卦を思わせます。稚児の名にも意味がありそうですが、今はさておき。

猪悟能が女子に化け、孫悟空が男の子に化けますので、猪悟能は8才の女の子を担当すれば、孫悟空は7才の男の子を担当します。猪悟能は8というのは三蔵法師から与えられたあざなとして8戒を受けて明らかです。沙悟浄は9つのどくろをつけそれが過去三蔵法師が取経の旅を試み9回失敗した骸であるとされ、数としては9が暗示されています。孫悟空は空としての0をはじめいろいろな数学的な概念として表現されてきましたが、ここでは数字7を担った悟空であり、3人の弟子は7・8・9の連番でもあることが示されます。

化けた稚児2人は霊感大王廟に運ばれ、五穀豊穣を祈る生け贄に供されます。待つことしばし、妖怪が現れます。霊感大王は生け贄2人がはきはき答えるのに面食らいます。いつもは男の子から食べますが、今年は女の子から食べようかとつぶやきます。手順前後にびっくりした八戒、正体を現してまぐわをもって打ちかかります。当てが

外れた妖怪、通天河の川底に逃げ込みます。とりあえず、2人の稚児は助かりますが、川底に戻った妖怪はあいなめ姫の助言を受けて、一行を捕らえる作戦に切り替えます。

　夏のころにも関わらず、雪を降らせ河を凍らせ、旅人が氷の上を通る姿を見せて、一行が通過するのを待ちます。せっかちで先を急ぐ三蔵、陳さんが止めるのも聞かず出発です。渡ろうとした一行のうち、三蔵法師（氷が割れても沈まないように錫杖を身につけていますが）だけが川底に捕らえられますが、他の3人（竜馬を含めれば4人）は川底にははまらず、外から救出を図ります。

　結局、妖怪は観音菩薩の池の金魚であることがわかり、観音菩薩の登場で収服されることになります。帰りにふたたびこの通天河によることになりますが、金魚が逃げてきた道をたどれば、霊鷲山に近道で行けたのかもしれません。

　陳兄弟が用意した舟を断り、亀にのって渡ります。亀とはみ仏に会ったとき、甲羅が何時取れるのか聞く約束をします。なぜ、ここに亀が登場するのか疑問も残ります。

　三蔵法師は川底で石棺の中に閉じ込められていましたが、猪八戒と沙和尚に救われます、孫悟空と会うことは避けているのかもしれません。もし、孫悟空が三蔵法師と川底で出会えれば、孫悟空が石棺を破って通天河を遡り観音菩薩の蓮池まで行くことを恐れたのでしょうか。

　亀に乗って行く西梁女人国は西天に通じる道なのでしょうか。

2、独角兕大王から西梁国の段へ（50～55話）

　河を渡り旅を続け、山を越えたところで三蔵が楼閣を見つけます。三蔵は腹ぺこ、御斎を求めます。危険を察知した悟空は三蔵法師に円を与え、砦とし、この範囲を超えないようにと念押しし、南の方面に御斎を探しに行きます。

　しかし、我慢ができない三蔵法師は、猪悟能の誘いに乗り円を捨てて楼閣へ行き、妖怪・独角兕大王にさらわれます。何でも吸い込む武器に悪戦苦闘、玉帝やお釈迦様にも助成を頼みますが、最後はお釈迦様のはからいで太上李老君にお出まし頂き収服します。孫悟空はかつて太上李老君に金剛琢で捕らえられ、八卦炉に入れられますが、太上李老君の牛がその武器を使って悪さをしていたとの話です。独角兕大王と言えば、斉天大聖を唱えるように進言した独角鬼大王を思い起こします。ここではまた、牛魔王一族として旅に参加しているのでしょうか。

　かつて孫悟空がお釈迦様の手を超えることができなかった寓話がありましたが、ここはその逆で一行は限界を超えようとするところを太上李老君が懸命に止めようとしている図のようにも見えます。

　さて、一行は限界を超え老婆の舟に乗り子母河を渡ります。その河の水を飲んだ三蔵法師と猪八戒が子をはらみ、苦しみます。堕胎する仙水は牛魔王の弟が支配しています。

　牛魔王の弟は堕胎をする水を管理していますが、鈎がついた武器で邪魔はしますが、本格的な戦いは行いません。孫悟空が戦っている間に沙悟浄が水を得て、問題は解決しそれ以上のおとがめはなし、で

済ませています。牛魔王の弟分の咬魔大王ではなかったかという推定に留めておきましょう。沙悟浄は和尚から元に戻って浄の役割を果たしたわけです。

そこは西梁女人国、女性だけで国を営んでいる国です。女王の誘惑に懸命に耐えていた三蔵法師のもとにサソリが化身して女王に乗り移ります。

智を捨てた一行と産みの苦しみ、国を女性だけで運営する国、何かヒントを感じませんか。そうです、旧約聖書のアダムとイブの物語です。知恵の実を食べた2人はエデンの園を追放されます。エデンの園は仏教の法界と同じ叡智の世界でありましょう。知恵を捨てた一行は知恵の実を食べた人々が暮らしている世界に入ったのです。

産みの苦しみと働かなければ生きていけないという原罪、これは女性と男性に分けて与えられた罪ですが、ここでそれを逆さまにして暗示しています。

産む苦しみは三蔵法師と猪八戒で示されますが、働く苦しみは通天河を渡る商人が数倍の値で利を得る中に現れているのでしょう。女王が三蔵法師に残ることを働きかける空しい営みにも労働の苦しみが象徴されているのかもしれません。

その働きは実らず、ついにさそりの妖怪が登場します。ここは原罪に支配される痛みのようなものが象徴され、取経の旅を弟子達に任せてここに残る誘惑も働きます。さそりは三蔵法師に対する異教の働きかけを表しているのでありましょう。

お釈迦様は対策は見通せるのですが、自らの力によらず星の世界

に託します。ここでは玉帝まで行かず昴宿の星官の裁量で妖魔・さそりを殺します。

こうして見ると、神の世界にも領域があり、星占い（玉帝が代表）錬金術（太老李老君が代表）お経（釈迦が代表・宗派宗教）と宗教の生成過程があり、孫悟空の成長譚の中に、宗教の成立過程が含意されているようにも思われます。

玄宗の時代、長安は既に100万都市で、宗教もネストリア派のキリスト教やマニ教の寺院もあり、外国の留学生が5000人いたとのこと、大変開放的な都市でありました。会昌の破仏も弾圧の対象は仏教だけではなく、外国にルーツのある宗教一般であったようですから、西遊記に汎宗教的な思想が反映されているのは不思議なことではありません。

3、にせ悟空の段から水火既済へ（56話〜61話）

西梁国でさそりの妖怪を退治した一行は旅をつづけます。

ここも人を殺した悟空を三蔵法師が破門する場面です。これは3回目、最後の取経断念の危機です。

さて、西梁国から出立した一行は盗賊に会います。三蔵法師は弟子がいない場面ですが機転を利かせ、孫悟空と会わせて難なく退治します。三蔵法師は孫悟空が盗賊とはいえ、人を殺したことに不満です。

一晩の宿を楊夫妻にお世話になります。夫婦は信仰も厚く親切にお世話頂きますが、なんと息子は殺した盗賊の一味であったのです。

息子が帰宅しますが、楊夫婦の計らいで一行は早く出立、難を逃れようとします。息子を含んだ盗賊一味は気づき復讐に追いかけてきます。孫悟空は難なく退治しますが、特に楊氏の息子（これは黄色い服を着ています）の首をはねてさらし者にします。これを怒った三蔵法師は3回目の破門をします。

破門された孫悟空が観音菩薩の所に身を寄せている間ににせ悟空が水簾洞を占拠し、猿仲間を化けさせて一行のそっくりさんとして現れます。

観音菩薩にも玉帝にも見分けがつかなかったのですが、お釈迦様はそれが6耳獼猴であることを見破り、逃げるところを孫悟空が殺します。

中国の思想には体（本質）と用（現れた現象）の思想があります。八卦にも伏羲先天図と文王後天図があり、先天図が体を後天図が用を表すとされています。後天図には八卦と10干12支が関係づけられていて、この物語の解釈にも大いに働いてもらいました。

ここで楊は用を意味し、用から生まれる宗教界にまつわる邪悪な現象を楊の息子として表し、黄色い服（三蔵法師がかつて虎とされた現世利得的な成功の象徴です）と盗賊として表しています。車遅国の段に見られるような奇蹟の力で誘惑するようなこと、免罪符に見られるような詐欺の類いをここでは用からうまれる機能的・現世利得的な宗教の働きとして否定したとしておきます。

孫悟空のそっくりさんが何をあらわすかはさておき、次の火焔山の段に進みます。

すでに、紅孩児が息子として第37話に登場しましたが、ここでは母親の羅刹女と父親の牛魔王と牛魔王の思い人玉面公主の登場です。

場所は火焔山、孫悟空が八卦炉を蹴破って出たとき、レンガが落ちてぼーぼーと燃えている山です。そこを通り抜けないと西天には行けないのですが、その火を押さえる芭蕉扇を持っているのが牛魔王の妻、鉄扇公主羅刹女です。

牛魔王は羅刹女とは別居中、万歳狐王の一人娘玉面公主と同居中ですから、2人の仲も気になるところです。

芭蕉扇は1回扇げば火が消え、2回扇げば風が吹き、3回扇げば雨が降る、という太陰の精葉からなる霊宝の宝だとされます。

孫悟空はひと扇ぎされて吹っ飛び霊吉菩薩のもとへ行き、定風丹をもらいます。これは霊吉菩薩が横風怪を押さえるための武器としてお釈迦様から預かっていたものですが、それを飲み込み、風には強い体質になります。

悟空は羽虫に化けて、お茶と一緒に羅刹女のお腹に入り大暴れ、芭蕉扇を奪いますが、後でにせものをつかまされていたことがわかります。改めて、土地神に相談し、ほんものが必要なら牛魔王に頼まなければと告げられます。牛魔王は羅刹女とは別居中、万歳狐王の一人娘玉面公主と同居中です。

孫悟空は牛魔王に化けて、羅刹女の牛魔王に対する愛は冷めていないことを確かめ、芭蕉扇を搾取しますが、八戒に化けた牛魔王に取り戻されます。相互にだまし合い、丁々発止のやりとりがありますが、玉帝・仏弟子・土地神が総出で取り囲まれた牛魔王、降参し仏道

に帰依することになります。羅刹女は扇を再び得て、俗世を捨てて修行にはげみ、のち証果を得て歴史に名を残すことになります。

　結局、この火焔山の火は孫悟空が八卦炉を蹴破って飛びだした時、そのレンガが地上に落ちて災いをもたらしたとのこと。孫悟空は芭蕉扇で49回扇ぎますが、すると風が吹き、雨が降り、完全に火が消えます。

　孫悟空は"坎離既済し真元は合し、水火調和して大道はなる"と歌います。

　36話で西天への道を論じた一行はその目標である水火既済に到着したのです。

　ここで、須菩提祖師に与えられていた3つの宿題が行程の中でどう解消されているか見ておきましょう。

　まずは雷対策ですが、これは500年とついていますので、ちょうど孫悟空が両界山を抜け出る時と一致します。これは雷に打たれて嬰児として再生したと考えました。

　火対策ですが、これは紅孩児の段です。三昧火に悩まされますが、その火に向かっていきます。負けて谷川で冷やしますが、体が冷えて死にます。土地神の通報で八戒と悟浄が助けますが、ここで死と再生の試練を経て克服したこととなります。

　最後の風対策ですが、これは霊吉菩薩と重なります。横風怪の段で三昧風に悩まされますが、そこでは目をやられ、目薬で点滴、良く見えるようになります。さらに今回、羅刹女の扇に飛ばされて、霊吉菩薩に定風丹を貰い服用し、どんなに扇がれても飛ばない強い体にな

ったとされています。

　以上3点、完璧かどうかはわかりませんが、一応の対策をとった上で"水火既済"に到着したこととなっています。

4、水火既済の卦

　36話から61話まで駆け足で話を追いかけてきましたが、その中間目標である水火既済の卦を見ておきましょう。炊卦の上に離卦が乗っている形で、陰爻と陽爻が交互に合わされた形の卦です。これを鏡映対称にした卦が火水未済の卦で、それが64番目。一巡して乾坤に戻ります。

　この2つの卦はちょうど陰と陽の爻が逆さまになっています。これは鏡映対称と呼ばれる関係、写真のポジとネガの関係です。また、相互に互卦の関係、水火既済の中に火水未済があり、火水未済の中に水火未済がありという関係です。

　この後に乾卦と坤卦が待っていますが、そこに至るまでに相当な両卦の循環がありそうな卦相です。

　両方の卦を見ておきましょう。

水火既済　　火水未済

水火既済（既済とは既に済る、ことの完成の意。離火が下より炎上し坎水が上より潤下して、水火相交わり各々その用をなす卦象に取る。また六爻がそれぞれ陰陽の正位に在るのも事既に済る意を示す）

卦辞：既済は亨ること小なり。貞しきによろし。初めは吉にして終わりは乱る。

（象伝）：既済は亨るとは小なるもの亨なり。貞しきによろしとは剛柔正しくして位当たればなり。初めは吉とは、柔中を得ればなり。終わりに止まれば乱る、その道窮まるなり。

（象伝）：水の火上に在るは既済なり。君子もって患いを思いて予じめこれを防ぐ。

爻辞

（初九）：その輪を曳きその尾を濡らす。咎なし。象に曰く、その輪を曳くとは、義として咎なきなり。

（六二）：婦その茀（フツ：外出時に使う車の蔽い）を喪う。逐うことなかれ。7日にして得ん。象に曰く7日にして得んとは、中道をもってなり。

（九三）：高宗鬼方を伐つ。三年にしてこれに克つ。小人は用うるなかれ。象に曰く、三年にてこれに克つとは疲れはてることである。

（六四）：繻（ヌ）るる時衣袽（イジョ：ぼろぎれ）あり、終日戒む。象に曰く、終日戒むとは疑うところあればなり。

(九五)：東隣の牛を殺すは、西隣の時にしかざるなり。実のその
　　　　福を受くとは吉大いにきたるなり。
(上六)：その首を濡らす。厲（アヤウ）し。象に曰く、その首を
　　　　濡らす、厲（アヤウ）しとは、なんぞ久しかるべけんや。
火水未済（未済は既済の卦をひっくり返した形で事いまだ済らず、事
　　　　の未完成の意。卦の水火が上下に分かれて用をなさず、また
　　　　六爻がそれぞれ陰陽の正位を失う象に取る。）
卦辞：未済は亨る。子狐ほとんど済（ワタ）らんとして、その尾を
　　　濡らす。利ろしきところなし。
(彖辞)：未済は亨るとは、柔中を得ればなり。子狐汔んど済（ワ
　　　　タ）らんとすとはいまだ中を出でざるなり。その尾を濡ら
　　　　す、利ろしきところなしとは、続いて終わらざればなり。位
　　　　に当たらざるといえども、剛柔応ずるなり。
(象辞)：火の水上にあるは未済なり。君子もって慎みて物を弁じ
　　　　方に居く。
爻辞
(初六)：その尾を濡らす。吝なり。象に曰く、その尾を濡らすと
　　　　は、また極を知らざるなり。
(九二)：その輪を曳く。貞しくして吉なり。象に曰く、九二の貞
　　　　しくして吉なりは中もって正を行えばなり。
(六三)：未だ済らず。征くは凶なり。大川を渉るに利ろし。象に
　　　　曰く、未だ済らず、征くは凶なり、とは位当たらざればなり。
(九四)：貞しければ吉にして悔亡ぶ。震きてもって鬼方を伐つ。

三年にして大国に賞せらるることあり。象に曰く、貞しけれ
　　　ば吉にして悔亡ぶとは、志行わるるなり。
（六五）：貞しければ吉にして悔なし。君子の光あり。孚ありて吉
　　　なり。象に曰く、君子の光ありとは、その輝き吉なるなり。
（上九）：飲酒に孚あり。咎なし。その首を濡らすときは孚あれど
　　　是を失う。象に曰く、酒を飲みて首を濡らすとは、また節す
　　　るを知らざるなり。

　両卦の上六と上九を見ると、完結には至らず、まだまだ西天への距離はありそうです。

第7章　概観すれば

1、牛魔一族の謎

　6耳獼猴が何者か大きな謎ですが、3回目の離脱は普陀山に行き観音菩薩と肩をならべて取経の旅を概観する立ち位置に居ます。その観点から今までの旅をながめ再検討してみましょう。

　36話から61話の間は36話で立てた中間の戦略目標"水火既済"を達成するまでの物語となっています。

　36話立案の段は2話の須菩提祖師の下で祖師から宿題として与えられた水火既済と斉天が"水火既済と西天"に置き換えられ、水火既済を得た後に西天へと手順が示されました。

　このように考えると、斉天大聖の段は孫悟空が未だ取経という目標を持たず、水簾洞から"天と寿を同じくする"玉帝の地位を狙った活動であることが見えてきます。この時は7話でお釈迦様に五行山の戒を与えられ失敗に終わります。この時、孫悟空は未だ"点にひとしい"存在であることが判明し、取経の一座で修行を続ける14話以降の話につながります。36話から改めて目標が水火既済に置き換えられ、61話でそこに到着するわけです。

　その間で一番目につくのが牛魔王の一族です。果たしてこれは味方か敵か。

　牛魔王は水簾洞の美猴王サークルの一員で一番の兄貴分との立場です。紅孩児の段でその詳細が語られます。それを再現すると、本

人・美猴王を除くと次の6名です。獼猴王も通風大聖ですから、ほとんど巽悟空です。

　牛魔王（平天大聖）

　咬魔王（覆海大聖）

　鵬魔王（混天大聖）

　獅駝王（移山大聖）

　獼猴王（通風大聖）

　狸狖王（駆神大聖）

その紅孩児との戦いの中、混元真大聖とあり、"ふたりこんなに戦うのは共に唐僧のおんためだ"、とあります。また、60回では牛魔王との戦いで牛魔王が自分のことを"四海に名高き混世なるぞ"とも云います。

　これは牛魔王の一族が一行の旅を助ける役割を持ち、混世魔王とも深い関係にあることを示します。

　13回で三蔵法師の2人の供は熊山君（ユーザンクン）と特処士（特は偏で牛を表す）と名乗る熊と牛の妖怪に心臓と肝臓を食べられますが、熊の妖怪は観音寺の段で錦糸の袈裟を奪う妖怪として表れます。そのいでたちは混世魔王そっくりです。

　混世魔王は須菩提祖師の元から帰った孫悟空が水簾洞の再建に取り組み、最初に退治した妖怪ですが、注意して読むと殺したともその正体が何であったかというような記述はなくただ"まっぷたつ"にしたとあるだけです。

　戦いの中の注釈の中、混世魔王を混世鳥魔と呼ぶところがありま

す。魔を馬（総てが陰の父・坤の象徴であり、強精の動物として馬からさらに魔・マーラの当て字として引かれた）と考えると烏と馬が切り分けられ、どこかに飛んでいったとも取れます。

　既に黒風大王として黒熊と烏の関係はお話ししましたが、ここに残りの半身があります。

　魔王3人、なかんずく牛魔王となり、マーラ（強精の動物馬に魔を当て、魔羅として修行の邪魔になる性欲・男根のシンボルとされました）から牛魔王と羅刹女が結ばれ、紅孩児が生まれているのです。

　紅孩児は名の中に亥（猪悟能）が含まれ、聖嬰大王との号を持ちます。最初にあった時、紅孩児は馬に乗るのや八戒・悟浄におぶわれるのをいやがり、孫悟空の背中に負われます。嬰は孫に由来する名ですから、聖は制であり、行である孫悟空を抑える戒の役割を示しています。このチームの構造的な問題は戒を担当する猪悟能がまったくその自覚がなく、見かねた観音菩薩が禁箍児を三蔵法師に与え、戒を三蔵法師自体が担い、猪悟能はしばしば煽るようなことしかできない。それがまた、場である三蔵法師とメンバーのリーダー孫悟空の離反をまねくような所にあります。

　水火既済に至る旅の中で、牛魔王一族は懸命に戒の役割を担い旅を助けているのです。

　三蔵法師のお供の内臓を黒熊と共に食べた特処士もまた牛魔王の化身であり、牛魔王一族は処士として三蔵法師を助ける役割を持ちます。

　処士は広辞苑によると"民間にいて仕官しない人"と云いますか

ら、チームの中には入らないで、戒の役割を担って支援しているのです。もともとの猪悟能は亥に相当しますが丑（亥が成長・陽を表すのに対して循環・陰を表す）の職掌に変えられ、なかなか仕事になじめないわけですから、牛魔王・丑一族のボランティア活動はチームの弱点を補う働きであるのです。

　牛魔王の働きを理解すると、61話の内容も表面で見るのとは異なった意味を持つことになります。孫悟空は羅刹女の腹中に入って大暴れ、芭蕉扇を奪うのですが、それはにせものでした。この作戦は奪うための行動ではなく、彼女の心を牛魔王にとめておくための心理作戦であったとしたらどうでしょうか。牛魔王は狐の化け物の公女にぞっこん、羅刹女と別居しています。彼女の気持ちが離れれば、牛魔王への影響力はなくなり、芭蕉扇を獲得する上でマイナスに働きましょう。それは孫悟空が牛魔王に化けて羅刹女のところに行きますが、彼女は媚態をもって迎えます。最後には牛魔王の危機を救うため芭蕉扇を差し出すことになります。

　この作戦は失敗ではなく、成功したのです。さらにいえば、八戒が公女を退治して2人のよりを戻しますが、感謝の気持ちで恩返しをしたとも考えられるのです。

2、贖罪と和解の旅？

　61話を表面だけで考えると、牛魔王と羅刹女を神々がそろって懲らしめて、結果一行の水火既済がなりたったように見えます。もともとは孫悟空が八卦炉を飛び出したとき、レンガがこわれ、そのレンガ

が地上に落ちて火焔山が生まれたとされています。よく考えると、この回は孫悟空が自分の罪を精算する場面であるのです。その罪を問われ左遷された土地神と羅刹女はその後始末を長年にわたりしていたことになるからです。

　水火既済はその贖罪と和解の旅が一段落という意味であるかもしれないのです。

　5 荘観の段は太上李老君との和解、烏巣禅師の段は須菩提祖師との和解に当たるでしょう。黒水河はもちろん龍一族との和解です。

　玉帝は少し複雑です。独角兕大王の段で孫悟空は辞を低くして応援をお願いします。玉帝は引き受け部下に指示をだしますが、結局役に立たず太上李老君に頼むことになります。次には琵琶洞の段ではお釈迦様の示唆で天界に頼みに行きますが、玉帝には会わず、昴日星官の裁量で問題は解決されます。ここの会話に日と月のアナロジーが表れていますから、太陽（昴日）の隹・烏が鶏に化けてさそりを退治します。はるか西の果てまで、混世魔は黒・烏・牛魔王の弟として旅を支えています。

　そして 61 回です。ここでは玉帝の指示で玉帝配下の総ての星神が天羅地網をしき、塔托李天王と哪吒三太子が牛魔王を追い込みます。ちょうど、悟空が弼馬温の職場を放棄して玉帝の裁きを受ける場面にそっくりです。ここでも牛魔王が悟空と同じ位置にあることが示されています。

　哪吒三太子が牛魔王の首を切りますが、切っても切っても新たな首が再生されます。これは牛魔王は混世魔王であり、特処士であり、

羅刹女であり、聖嬰大王であり、いくつもの顔を持っていることを象徴しているのでありましょう。

　ここは牛魔王を退治するだけの意味ではなく、牛魔王一家に対する総ての守護神達の賛歌でありましょう。ここでめでたく玉帝との和解も成立しているのです。

3、烏（ウ）と酉（ユウ）の置換

　烏鶏国の段には深い多義的な意味が込められていました。

　ここで更に文王八卦図から烏と酉の置換を考えておきましょう。黒風大王の段で"有"字からユー・熊とウ・烏が切り分けられ、熊は観音様に収服されましたが、烏・ウはカラスとして道先案内をすることになったと述べました。次に文王八卦図を再度登場させます。

ここで烏・ウは酉・ユウと音で熊の身代わりに再会しますが、酉を烏に置換すると、実に不思議な謎解きができます。

　烏は太陽に住むという鳥、これが西に配置されますから、三蔵法師一行の西天への旅は太陽に住むカラスに導かれるのはまことに都合の良いことでありましょう。対面にあるのが寅・卯・辰です。卯はうさぎで月に住むと云われます。ここに西天に太陽東天に月の情景が現れます。まるで、江戸時代の俳人与謝蕪村が歌った"菜の花や月は東に日は西に"の情景が現れてくるのです。月と日の間にあるのが火〜土の陰陽五行です。土の上に咲く黄色い花、蕪村は情景ではなく、この理の美しさを歌ったのかもしれません。

　西にある申・酉・戌は知恵を表し、申は木の上に住む動物として帰納的な論理を表し戌は木下の動物として演繹的な論理を表し、酉はそれをつなぐ情報の運び手を表すとしました。ここでは対面の寅・卯・辰についてもう少し詳しくお話ししておきましょう。

　寅（トラ）は雷を表し、辰（タツ）は龍を表すとされます。雷は天から地へ降ってくる力を表し、稲の夫とも云われます。龍は想像上の動物で強い勢いで昇天する動物です。ここに現在の用語を使えば、引力と斥力の象徴が現れます。この物理的な力・エネルギーは総量は変わらないにも関わらず、エントロピーと呼ばれる質の悪さが、不可逆的に増加することが知られるようになりました。このエントロピーの性格がウサギとして、登りには強いが下りには弱い動物として象徴されているのです。

　この物理的性格を発見したボルツマン（1844〜1906）はまだ原子の

存在が認知されていない時代、その存在と物理的な世界にある確率的な性格を訴え奮闘します。墓には KlogW という刻印がされていますが、それはエントロピーの単位が指数関数の逆数である対数であることを示したものです。孫悟空がお釈迦様と賭けをしたべき乗数は指数関数の基数が 2 の場合の数です。

　そしてまた、その次の代クロード・シャノン（1916～2001）は情報の単位がエントロピーと性格が等しいことを発見し、ビットと名付け通信に於ける雑音の処理に道を開きました。

　この 2 つの対面する酉と卯が鳥を仲介に音により通じ、ウサギの特徴に後ろ足が長い・エントロピーの性格・と耳が長い・情報の象徴・が表れるのも不思議なことです。

　エントロピーが表す宇宙の熱死を克服する道は、人の知恵にあることを古代の賢人達は予感していたのでしょうか。

4、一行のチーム力と 6 耳獼猴

　6 耳獼猴はなにものか、という問題がありますが、まずはチーム力の変化について見ておきましょう。36 回の段で、沙悟浄の場としての自覚について話しました。三蔵法師、孫悟空、猪悟能はどうでしょうか。

　烏鶏国の段では三蔵法師と孫悟空は現世の王権の誘惑に未練を断って黄袍怪の段を精算します。

　次の紅孩児の段、三蔵法師が妖魔にさらわれたところで、孫悟空がチームの解散を提案し、猪悟能も賛成します。沙悟浄が強くいさめ、

旅を継続します。ここには沙悟浄の場としての自覚が本物であることが示されます。

また、紅孩児の三昧真火に向かった孫悟空は煙に巻かれて逃げ出します。そしてひりひりする体を冷やすために谷川に飛び込みますが、体が冷えて悟空は亡骸になり谷川を流されます。空中の四海龍王の知らせで、猪悟能と沙悟浄が助け生き返らせます。ここに死と再生のテーマがありますので、卦として見ておきましょう。火と沢の組み合わせと考えると沢火革の卦を得ます。卦象と卦辞を示します。

澤火革（革は革新、水火相争い滅息する卦象による）
　卦辞：革は已日にして孚せらるる。元いに亨り貞しきによろし。悔亡ぶ
　（象伝）：革は水火相息し、二女同居して、その志相得ざるを革という。已日にしてすなわち孚とせらるるとは、革（アラタ）めてこれを信じるなり。文明にしてもって説（ヨロコ）び、大いに亨りてもって正し。革めて当たれば、その悔すなわち亡ぶ。天地革まって四時成り、湯武（殷の湯王と周の武王）命を革めて、大いに順い、人に応ず。革の時大いなるかな。
　（象伝）：沢中に火あるは革なり。君子もって厤をを治め時を明らかにす。

澤火革

誠にこのチーム状態なかんずく、孫悟空と猪悟能の仲の悪さはその象徴です。孫悟空の死と再生、それを猪悟能が助けることは、孫悟

空の行動様式が何でも自分でやるより、協力してことを成し遂げる方向に変化すれば吉ということでありましょう。

　この卦は象形としては、六二・九五が中正ですから、吉の卦です。孫悟空と猪悟能は"革めて当たれば、その悔すなわち亡ぶ"ことを示します。

　そのような観点で、黒水河以降を読むと、確かに行動様式がかわっていることを見て取れます。32回のように猪悟能に仕事をさせて、ついていってチェックするような意地悪な行動はなくなり、仕事を人に任せるような行動です。

　黒水河で妖怪の処置を龍一族に委ねる。通天河で三蔵法師を助けに行くのを猪悟能や沙悟浄に委ねています。また子母河では自分は防御に廻り、聖水を取る仕事は沙悟浄にまかせています。

　これが猪悟能の変身にどうつながるかは別にして、孫悟空は少しく組織人としての行動様式に変わってきていると云えるでしょう。

　そのようなチームとしての結束もだんだん整えられている最後に起こるのが、57・58話のにせ悟空の段です。6　耳と聞いてまず思い出すのは孔子の耳順です。

　50にして天命を知り

　60にして耳に順い

　70にしておのれの欲するところに従って則を超えず

　天命については14話で立命、その後現世利得の誘惑にゆれながら、烏鶏国の段で確かなものになりました。それは48話の亀との約束で象徴していると見ます。つぎは耳順の境地に至るかという課題です。

今回の危機は場である三蔵法師と構成員のリーダーである孫悟空の離反の危機です。孫悟空が今のチームを離れ、ふる里水簾洞でもうひとつのチームをつくる誘惑に駆られます。

　最初ににせ悟空と出会うのは三蔵法師です。にせ悟空とやりとりがあり、三蔵法師が峻拒したためににせ悟空が怒り、三蔵法師をひとつき、三蔵法師は仮死状態になります。これを沙悟浄と猪悟能が救いますが、ここで三蔵法師は死と再生を経験します。これは場と構成員のリーダーとの対立が課題である中で、場である三蔵法師には一定の自省があり、問題が構成員である孫悟空の変容に移ったと考えます。

　沙悟浄が水簾洞に行き、にせ悟空（この時はにせとは思っていませんが）に会い自分たちで新しいチームを作り万世に名を残すと言われます。その時、沙悟浄はこのチームはかけがえのないチームであり、新たにチームを編成する過ちを演説します。そしてにせ沙悟浄が現れると即座に退治します。ここに沙悟浄の自覚と成長を見ます。意見が受け入れられなかった沙悟浄は観音菩薩の所に訴えに行きますが、そこで本物の孫悟空と会います。2人で水簾洞にもどり、にせ悟空と対峙しますが、玉帝でも観音様でも見分けがつかない有様です。

　猪悟能の方が水簾洞への道を知っていますが、あえて三蔵法師は沙悟浄を派遣しますから、沙悟浄は孫悟空とにせ悟空の戦いを終始見る立場に居ます。ことばを変えれば、沙悟浄は三蔵法師の代理として終始二人の戦いを観察しているとも云えます。沙悟浄は場として三蔵法師の中に確立するのです。

先の段で牛魔王の話をしましたが、7人のサークルに自分自身の美猴王と自分に準ずる通風大聖こと獼猴王がいます。それ以外に猿仲間のリーダー馬流2元帥と崩芭2将軍がいます。その6匹を6耳として6耳獼猴と考えます。孫悟空はふる里を捨てて自己脱皮することが求められているのです。

　人もある時期ふる里に代表される母なるものから脱皮して自立することが求められます。それは成人式や卒業式など通過儀礼として象徴化されていますが、孫悟空にも自己脱皮が求められているのです。

　孫悟空はふる里を捨てこのチームで取経の旅を続ける決心をして自分自身を殺します。

　自己脱皮した孫悟空は仲間と70才の古来稀なる境地へと旅を続けることになるのです。

5、陳家を再び

　烏鶏国の段から6耳獼猴の段を読んでいくと、迷走して西梁国まで流れ、キリスト教の世界の洗礼を受け、大きな自己脱皮を遂げる物語であることが見えてきます。その間、文殊菩薩も観音菩薩も太上李老君も、あるいは妖怪さえも心配して見守っていますが、敢えてその困難な道を選んでいるのです。

　その象徴的な回が陳家の関保・一秤金の姉弟の段でしょう。

　観音菩薩は譜陀羅山で何やら作業をしています。妖怪である金魚を収服する準備のように書かれていますが、陳家の姉弟を迎える準

備ではなかったかと思わせるものがあります。

　陳家の嬰児といえば、孫悟空ですから、双六でいえば、通天河経由の近道が用意されていたようにも見えるからです。

　2人の名はゆえんは説明されていますが、何かいわくがありそうです。2人の名から卦を考えて見ましょう。一秤金は地風升卦になりますが、関保のカンは3つの同音の卦があります。卦象と卦の意味を示します。

風地観：観は示す、または仰ぎ観るの意。陰爻4つが九五の陽爻を
　　　　仰ぎ観る象。
澤山咸：咸は感の意。少男が少女に下る象。
風水渙：渙とは渙散、散らすの意。風が水上にあって吹き散らす卦象。

　卦辞から云えば、澤山咸の卦がはまりそうです。霊感大王にも通じます。

　妖怪は関保→一秤金の順序を変えて、一秤金から食べようとしますが、八戒がまぐわで打ちかかり、妖怪は関保までは届かず、退散します。なぜ、妖怪が手順を変えたかを考えると、姉が通れば弟がついてくると考えたのかもしれません。澤山咸の卦の後は雷風恆、恆は

恒、久なり、その道久しければなり。という卦です。霊感大王は手順を変えて一升金からかかったのは、さすれば、関保が続き雷風恆につながると見たのかもしれません。そこに八戒の邪魔が入り、金と金魚の道が途絶え、思惑が外れたのです。

それでは地風升の卦象と卦辞を示しましょう。

地風升（升は進み昇るの意、木が地中に生じ生長し天に昇る卦象）

　卦辞：升は大いに亨る。もって大人を見る恤（ウレ）うるなかれ。南征すれば吉なり。

地風升

　（象伝）：柔時をもって升（ノボ）り、巽にして順、剛中にして応ず、ここをもって大いに亨るなり。もって大人を見る恤（ウレ）うるなかれとは、慶びあるなり。南征すれば吉なりとは、志行なわるるなり。

　（象伝）：地中に木を生ずるのが升なり。君子もって徳に順シタガい、小を積みてもって高大なり。

南に居るのが観音菩薩、2人の嬰児は通天河を通して観音菩薩のところに行けたのかもしれません。それを八戒が壊しますから、次の卦は澤水困です。この卦は沢の水が涸れて困難に会う卦とされます。水が凍り沢の水が無くなる図とよく合います。卦辞を見ておきましょう。

澤水困（困とは困窮の意、九二と九五の陽が陰爻におおわれ苦しむ卦象）

卦辞：困は亨る。貞し、大人は吉にして咎なし。云うことあるも信じられず。

澤水困

（彖伝）：困は剛おおわるなり。険にしてもって説ぶ。
困しみてその亨るところを失わざるはそれ唯君子のみか。
貞し、大人は吉なりとは、剛中をもってなり。言うことあるも信じられずとは口を尚べば、すなわち窮するなり。

（象伝）：象に曰く、沢に水なきは困なり。君子もって命を致し志を遂ぐ。

霊風大王（金魚の妖怪）を収服した後、通天河を渡るのに住処を回復した亀の背中に乗って渡ります。陳家で用意するのを押し切って亀に乗って渡る意味があったのでしょうか。亀との間でみ仏に会った時、亀の甲羅が何時取れるのかを聞く約束をします。

この時は6耳獼猴の段を60にして耳に従い、とすれば、50にして命を立てるに相当する回です。亀との約束が立命に相当するのでしょうか。

6、亀と龍馬

亀は金魚の妖怪が現れる前は、この河の主。妖怪が去って恩返しに河を渡ると立候補します。孫悟空は用心を重ね誓いを立てさせ、海亀の鼻に手綱をつけ、片足は頭もう片足は甲羅に乗せ先頭に立ちます。龍馬をまず乗せ、左に三蔵、右に悟浄、後ろに八戒を立たせ、ものもの

しいいでたちで河を渡ります。

　亀の上の龍馬は易の基本図の河図（カト）と洛書（ラクショ）と関わりますので、次に示します。

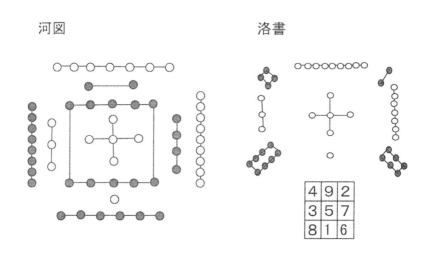

　河図は黄河で龍馬の背に洛書は洛水で亀の背に発見されたとされます。洛書は河図の中央の拡大図に相当し、下の魔方陣を表します。

　その伝から云えば、亀に乗る龍馬は洛書の上に乗って河図がわたる図とも云えましょう。

　魔方陣は縦・横・斜めいずれを足しても 15 になります。これは河図の中央、5 を 10 が包んだ図が洛書であることを示します。洛書は河図に包まれ、5 は 10 に包まれというような、入子構造あるいは自己相似性と呼ばれる、この物語と共通の構造が易の中にもあることを示しています。

孫悟空は龍馬を従えて緊張して河を渡っています。河図・馬が洛書・亀に負われることに危惧を覚えていたのかもしれません。三蔵法師は亀との約束をすっかり忘れて、帰りにひどいめに会います。三蔵法師は亀の言葉は多分上の空、何を考えていたのでしょうか。

　困卦は"言うことあるも信じられず""口を尚べばすなわち窮する"卦です。思うことは云わない三蔵、爻卦から推定しましょう。

- 初六：臀株木に困しむ。幽谷に入りて三歳まで見ず。象に曰く、幽谷に入るとは、幽明らかならざるなり。（臀株木：座っている切り株の意）
- 九二：酒食困しむ。朱紱正に来らんとす。もって亨祀するに利ろし。征けば凶なり。咎なし。象に曰く酒食に困しむとは、中にして慶びあるなり。
- 六三：石に困しみ蒺藜（シツリ）に拠る。その宮に入りて、その妻を見ず。凶なり。象に曰く、蒺藜（シツリ）によるとは剛に乗ればなり。その宮にいりて、その妻を見ずとは、不祥なるなり。
- 六四：来たること徐々たり。金車に困しむ。吝なれど終わりあり。象に曰く来ること徐々たりとは、志下にあればなり。位に当たらずともいえども、与するものあるなり。
- 九五：鼻切られ、足切られ、赤紱に困しむ。すなわち徐（オモム）ろに説（ヨロコビ）あり、もって祭祀するに利ろし。象に曰く、鼻切られ足切らるとは志いまだ得ざるなり。すなわち徐（オモム）ろに説（ヨロコビ）ありとは中直をもってなり。

　　　　もって祭祀するに利ろしとは福を受くるなり。
　　上六：葛藟に鮠桅（葛・かつらの類にからまれ不安な様子）に困し
　　　　む。曰に動けば悔いあり。悔ゆることありて征けば吉なり。
　　　　象に曰く、葛藟に困しむとは、いまだ当たらざるなり。動け
　　　　ば悔いあり、悔ゆることあれば吉なりとは、行けばなり。

　九五は陽爻であるべきところが陽ですから中正。正応関係の二は陰でなく陽・九二なので不中正。この関係は陽と陽なので不順の関係です。上卦の方が強いので、全体としては強い卦です。

　三蔵がいる九五は上に陰爻、下の六三が陰爻、両方に挟まれているので、鼻切られ足切られと云われるように不自由な形です。部下・猪八戒？（九二）との関係も阻まれてなかなか意思疎通もできません。ただ両方とも陽爻ゆえ剛直・堅固なので、時間がたてばやがて共に通じることができます。朱紱（天子の礼服を云い九五の人を指す）が九二を迎え赤紱（諸侯の礼服）を用いて有為の諸侯を登用し難局を乗り切るような時機がいずれ来ることが期待されています。

　猪八戒に剛直な志があるのか？という疑問はありましょうが、孫悟空と沙悟浄と両方が順の関係になっていますので、3人力を合わせとしておきましょう。

　九五は兌卦の中心ゆえ、性情として"説・悦・慶び"。逼塞してはいますが、希望のよろこびがあります。祭祀・祈りは亨るわけですが、それは心に思うばかりで、言ってはならない環境です。

　さて、上六で出発です。陰爻で扉には蔦の類いがからまっていて重く、悔いるようですが、実行すれば吉であると言います。物語では三

蔵はグチを言うだけですが、希望とともに巫を立て出発します。その三蔵の心を悟空のいでたちが表しています。

　ここは古来人の往来が少ない河ですが、三蔵には"狭き門より入れ、命に至る道は細い、その道を行くものは少ない"との声が聞こえたと、考えます。

　亀の依頼は上の空、希望に満ちた困難な道を再出発です。これが正しく 50 にして命を立てるということでありましょう。

　その後、元会県では悟空の心配や太上李老君の制止を振り切り子母河に至り、原罪を体験します。こう考えると、八戒の所業もあながち、あほんだら！と片付けられない深さを感じます。

7、魔方陣と碁盤の構造

　物語では、亀の上で龍馬を中心に四方を囲み、ものものしい姿で乗ります。これは三蔵の心の出で立ちを表しているとしましたが、同時に洛書の魔方陣を表し、五・午・馬が四方から守られる図でもあります。

　次にもういちど陰陽五行の図を示しましょう。これは人の形を表しているとしましたが、この図は 5 角形の頂角を一筆書きでつないだ五芒星を表します。

　中央に五角形が表れています

が、その頂角をつなぐとここにも五芒星ができます。こうしてつぎつぎと小さな五角形が、入子構造の形で現れます。

　河図の中央にある五は五行相生としては、五角形の外周をつないで円として表現し、相剋を一筆書きでつないで人の形を得ています。この図はよく見ると、中央にまた五角形が表れています。

　このように魔方陣の中央にある五を陰陽五行に当てはめると、河図の中に洛書があり、その中に五があり、五は入子構造で五芒星と連なり、相似的な形で五を深掘りします。

　魔方陣はどこを見ても同じ数となりますが、陰陽五行も相生と相剋を重ねて行くと、相似的な入子構造が表れ、部分の中に全体が現れるフラクタルな構造を表します。

　西遊記も入子構造の物語になっていますが、一行が五一門とされますが、それはこの河図・洛書に由来する一門なのです。

　5 角形の頂角は 108 度ですが、これが三蔵法師の旅の距離に合い、孫悟空のひととびで飛ぶ距離と同じになることにも注目ください。

　碁盤は 19 路の交点に石を置きますが、漢代までは 17 路の碁盤でした。17 路の碁盤は現在でもチベットに残っているようです。それがいつの時代にか 19 路に変わり、天元と 4 隅に星がある 5 星の碁盤に変わりました。その 5 星が 9 星に変わり現在の日本の碁盤になっています。

　碁は弈棊（エキキ）と呼ばれ、出自は易にあると言われます。17 路から 19 路に変わるについては易とも関わることが予想されますので、易の構造からその意味を考えてみましょう。

17路盤の生成については下のように9路の碁盤が拡張され17路になったとの説があります。(小川琢治著「支那における囲碁の起源と発達」)ちょうど4面のチェス盤をつないだ形になりますが、升に64卦が入る盤です。

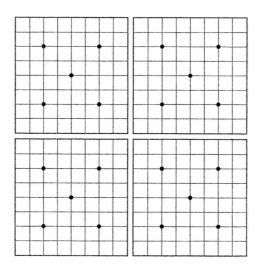

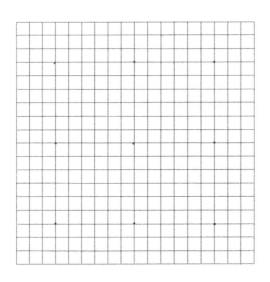

　それが一路拡張されたのは南朝梁においてだろうとされているようです。

　(「敵情録解説」昭和55年組本社発行によります)

　上に現在の19路9星の碁盤を示します。

　1路の差はなんでもないように思われますが、17路と19路ではマス目が16から18に変わります。16と18の差は因数に3があるかないかです。18には3がありますので、盤が3等分できるのです。すると盤に天・地・人の3区分が現れ、そのマス目に108が得られます。また、9つに分けることができますので、洛書の魔方陣を表すこともできます。まさに9星は魔方陣を表していると言えます。

　また、4等分した図はチェス盤から将棋盤に変わったとも云えます。将棋盤にはマス目が81、交点は100になりますから、81の困難

第7章　概観すれば

と100での満願という西遊記の物語にも良く合うのです。

　将棋は5角形の駒が文字を背負った形で、取った駒が使え、その時は囲碁と同じように盤外から盤上に飛び降りてきます。そして駒の数は40枚、2倍して盤のマス目から1引いた数になります。(チェスは32枚で2倍するとちょうど合います)これを構造的に表すと下のように3層のフラクタルな構造が現れます。(黒いところが駒、外の層は1段目の中は飛車角を表します)

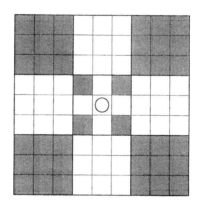

　碁盤が一路増えたのは碁盤がフラクタルな構造を得るためであったのです。またそれが西遊記とよく似ているのは西遊記もフラクタルな構造であるからなのです。

　日本の現在の将棋は囲碁やチェスに比べ遅く生まれました。それがフラクタルな構造をもっていることは19路の囲碁の影響があったのかもしれないとまで思わせるものがあります。

151

第8章　団結・古希の道へ（第62～71話）

1、祭賽国の段（62話から63話）

　61話で水火既済に至りましたが、それは中間目標の達成でありました。今後は西天を目指して行くことになりますが、水火既済の卦自体は、"剛柔正しくして位当たればなり。初めに吉とは、柔中を得ればなり。終わりに止まれば乱る、その道窮まるなり。象に曰く、水の火上にあるは既済なり。君子もって患を思いて予めこれを防ぐ。"とあり、まだまだ用心しつつ旅を続ける卦のように思えます。

　今の状態を確認しておきましょう。

　7話から14話にいたる孫悟空の罪は一応精算し、神々や龍との和解も進んでいます。牛魔王の一統が果たしてくれた支援はここで終わり、そのノウハウは自分たちで体得して自力ですすむこととなりましょう。チーム力の問題も沙悟浄の自覚と三蔵法師の死と再生により場の力が改善され、孫悟空は自己脱皮により我が儘な行動も相当程度改善されることが期待できると云えましょうか。猪悟能の力不足はどう補えるのかという課題は残っていそうです。

　牛魔王と万聖老龍王の付き合いが残っていましたが、そこから62話は始まります。

　火炎山から800里も先の祭賽国にある金光寺が舞台です。そこにはぬれぎぬに泣く僧侶達がいました。寺の宝塔が血の雨で汚され、近国の朝貢が無くなったゆえに朝廷から罰を受けたのです。3代にわた

る僧がいたのに2代は拷問に耐えられず死んでしまい、今の世代の僧も拷問を受けているような状態です。

　宝塔を清めるため三蔵法師が登り、孫悟空もお供します。三蔵法師は10階で息が切れ、11・12・13階は孫悟空が行います。13階に行ったとき、妖怪2匹に出会います。これはなんと、牛魔王の友達：万聖老龍王の使いのもので、奔波児灞と波灞児奔（ホンハジハとハハジホン）という奇妙な名を持つ、なまずと黒魚の精です。

　万聖老龍王の1家は老婆と娘の万聖公主、婿の九頭駙馬、息子となっていますが、戦う力は娘の夫婦が持っていて、万聖老龍王は娘婿夫婦と共謀、塔に血の雨を降らせ宝を奪い、娘は娘で天界から9葉の霊芝を盗み育てています。

　ここでは天界の二郎神との共同作戦、万聖老龍王と息子は殺しますが、老婆は生かして宝塔の番人として残します。公主は猪悟能がまぐわでひとつきし、どうと倒れますが、生死ははっきりしません。娘婿は逃げますがあえて追いかけません。この章をを盛り上げる主たる敵は殺さず、万聖老龍王と息子だけがはっきりと殺されているのは不思議なことです。

　ここは800里離れていますが、61話の牛魔王と水脈でつながっています。水火既済の卦では終わりに乱れるとありますので、後始末の章なのかもしれません。

　万聖老龍王と息子は死に老婆は残ります。また、お坊さん達の2世代は死に絶え、今の世代だけは残ります。これは水火既済の上の陽爻

154

第8章　団結・古希の道へ（第62〜71話）

2本が無くなり、下に廻ることを意味しているようです。この一行の卦主が三蔵法師とすると、三蔵法師は10階までしか上りません。この物語の第10回は魏徴が老龍の首をはねる回で、老龍の死が山沢損の卦を地天泰の卦に変えました。ここでは水火既済の卦の上の陽爻2本（老龍と息子および先の2代の僧）が死に、同じように地天泰の卦に変わるのです。

　第10話では地天泰卦を貞観の治の象徴としましたが、ここで地天泰卦と次の天地否の卦の象を示します。今からの回は地天泰と天地否が交互にゆれながら進む道となります。この卦辞を次に示します。

地天泰（泰は安泰の意、陰爻が外陽爻が内いずれは陰陽相和す卦象による）
　卦辞：泰は小往き大来る吉にして亨る。
　（彖伝）：泰は小往き大来る、吉にして亨るとは、すなわちこれ天地交わりて万物通じるなり。内陽にして外陰なり、内健にして外順なり、内君子にして外小人なり。君子は道長じ、小人は道消するなり。
　（象伝）：天地交わるは泰なり。后（キミ）もって天地の道を財成し、天地の宣を輔相し、もって民を左右す。

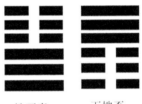
地天泰　　天地否

天地否（否は否塞、ふさがって通じぬ意、陰陽和せず上下の意思疎通を欠く卦象による）
　卦辞：否はこれ人にあらず。君子の貞に利ろしからず。大往き小来

155

る。
- (象伝)：否はこれ人にあらず、君子の亭に利よろしからず、大往き小来たるとは、すなわちこれ天地が交わらずして万物通ぜざるなり。上下交わらずして万物通ぜざるなり。上下交わらずして天下に邦なきなり。内陰にして外陽なり、内柔にして外剛なり、内小人にして外君子なり。小人は道長じ、君子は道消するなり。
- (象伝)：天地交わらざるは否なり。君子もって徳を倹（ツツマシヤカ）にし難を避く。栄するに禄をもってすべからず。

また、三蔵法師の提案で金光寺を伏龍寺と名前を変えますが、地天泰卦は龍を表す陽爻が3本が下に伏せています。と同時に孫悟空の五行は火と金になっていますが、もともとは石猿で生まれたときに金光を放ちました。孫悟空の本性が金光ですから、伏龍に変えるのは孫悟空自体の変身・自己脱皮も意味しているのでありましょう。じっと力を貯め、一行を下支えしながら進むことを三蔵法師は期待しているのです。

ここで二郎神が狩りの帰りを孫悟空と猪悟能がつかまえて参加を請います。快く引き受けた二郎神との共同作戦です。第6話で二郎神は玉帝の母方の甥ということになっていて、玉帝の直接の配下ではないことになっています。この時は二郎神が孫悟空を捕らえ八卦炉で焼かれることになります。なるほど、61話で玉帝と釈迦と土地神そろって牛魔王を追い詰めますが、その中には二郎神は入っていません。ここでは二郎神との和解が含まれているのです。

九頭府馬が逃げ、9葉の霊芝が宝塔に残されるのは99の行がまだ続くことを意味しましょう。

2、荊棘嶺の段（64話）

　この64話は不思議な話です。主人公は三蔵法師、張り切って仕事に取り組むのは猪八戒です。

　いばらがみっちり茂る荊棘嶺です。猪八戒が張り切り、ぐんぐんまぐわで切り開き進みます。1日ひとばん進み、とある廟に到着します。土地神と称する妖怪が現れ、三蔵法師を連れ去ります。後は三蔵法師が主役です。

　風雅な仙人風の4人（四操）が現れます。最初、三蔵法師は勧められるまま、仏教の神髄を話します。奥深い内容なのでそのまま以下に引きます。

　"そもそも、蝉とは静であり、法とは救いであります。静かなる救いは、悟りなしには成就いたしません。悟りとは、心を洗い欲望を清めることであり、俗塵をば離脱することがこれにあたります。さて、人間の肉体なるもの、これを得るのは難しく、まして中国に生まれるのはいっそう難しく、正法にめぐり遇うのも難しいのでありますが、この3難をば全うできた幸運こそ、これに過ぐるものはありません。至徳の妙道は渺茫として、視れども見えず、聴きても聞こえず、しかし六根六識は最後には掃き除くことができます。菩提とは死せず生まれず、余りなく欠くるなく、空と色とを包羅し、聖と凡とをともに去らせるものであります。……。"

それに対して払雲叟が"蝉は静、法は救いであるとはいっても、性が定まり心が誠でなければなりますまい。たとえ大覚真仙になったとしても、最後は生なき道に座することになるのです。われらの玄なるものは、それとはおおいに異なります。"といいます。
　三蔵、"道とは常ならざるものですが、その体と用はとは、ひとつです。異なるとは、どのように異なるのでありましょうか。"
　さらに払雲叟、"われらは生まれつき堅実でありますから、体も用も、あなたとは異なります。天地に感じて生を受け、雨露をかぶって色を豊にしました。風霜にもへっちゃらで笑い、日月を過ごしてきたのです。一葉たりとも凋まず、すべての枝で節を守ってまいりました。あなたのおことばは、「列氏」に当たってしらべることもせず、梵語ばかりひけらかしておいでだが、そもそも道とは、本来中国に存したもの、それを逆に、西方に証を求め、草鞋を空しく費やしていったいなにを求めようとなさるのか。……。本を忘れて参禅し妄りに仏果を求めておられる。わが荊棘嶺のもつれた迷語のようなものです。……。"と痛烈に話します。この話は 11 話の傅弈と簫瑀の議論を思い起こします。その時は張道源と張士衡に改めて諮問を求め"……三教は至尊にして毀すべからず、廃すべかざる。"の結論を得て、大法会が開かれることが決定されます。
　残りの 3 人が話を引き取り、難しい話はやめて歌会を始めます。そこに杏仙という美女が現れ、三蔵を誘惑、4 人は里親と仲人を務めるので結婚することを勧めます。三蔵が断ると従者の赤鬼が怒りだし、杏仙も媚態でせまります。その時夜が明け三蔵法師は弟子達に会

い、難をのがれることができます。

　崖にある木仙庵の3字と景色を見て、孫悟空が木の妖精の仕業と見抜きます。それを聞いた猪八戒がまぐわで木をたたき、掘り起こし、めちゃめちゃいじめ地から血がでます。三蔵法師はやめるように云いますが、孫悟空は猪八戒を応援、そこにある総ての木を倒してしまいます。

　前章からの続きで考えると、61話は水火既済の火から水の話、そこから地下水脈が牛魔王の友達として万聖老龍王につながりますから、ここは水でも癸（ミズノト・水滴が発する意）の色彩が強いところです。その次が木でも甲（キノエ・木の上の部分）になりますから、5行的には改めて最出発の意味がでています。

　木の精に囲まれて三蔵法師が戒を受ける場面、一行の5行は猪八戒が木を担当していますから、場面を切り開きます。三蔵法師は舟や碁盤に譬えましたが、沙悟浄の自覚と三蔵法師の死と再生を経て、場として生まれ変わっています。ここでは木剋土（場）として試練を受けているのです。

　土から出た血は三蔵法師からでた試練の証であるのかもしれません。あるいは猪八戒が木剋土の場面を作った自責の血であるかもしれません。自身の木の性を滅するためにまぐわを振るいますが、泣いているのかもしれません。

　このように64話までの話を検討すると、61話の水火既済の残務整理をして卦も天地泰卦に変わり、準備終了、西天へ向け改めて甲（キノエ）の道を歩き始めることが期待できます。

この章が木の精からの挑戦と受け止めたとき、払雲叟との議論や杏仙との結婚の意味も明らかになりましょう。ここでの道教の説論は木の論理となっています。「列氏」は道教と共に仏教の要素も含まれた思想書になっているとのこと、ここでの婚姻は仏教と道教の一如を提案しているとも取れます。三蔵法師は雲を払いさらに仏教の法へ思想を深めたと考えることができます。

　三蔵法師は妖怪から清浄な肉と共に女性からは清浄な精子を求めて結婚を迫られますが、西梁女人国の段ではキリスト教と、ここでは道教との一如が求められていると考えることができます。結婚を迫られるのは単なる性的な関係を超えた思想的な深いたとえになっていることが見て取れます。

　次の65話の冒頭に、"草木の霊でさえも一夜の雅な集いに招いて、いばらの針の苦しみ、つたのからまりのわずらわしさから救ってくれたのでした。"とあります。

　冬も過ぎ春たけなわの旅へと進みます。

3、孫悟空と猪八戒はなぜ仲が悪いのか。

　猪八戒が木の精をつぶすのを自分自身の木の性を抑えて、それが一行の団結に結びつくと云いましたが、そのゆえんを少し考えておきましょう。

　もともと3人の名は観音菩薩から与えられ、空・能・浄でありました。能は陽、浄は陰でありますので、空は中庸ということになります。その意味では空は対照軸と云っても良いわけですが、空がもつ数

0としての魔力から多様な意味を持っています。

　その上に三蔵法師が"あざな"を与えます。それが行・戒・和です。それに孫行者・猪八戒・沙和尚をかぶせています。行者は修行中の身、八戒は在家が守るべき戒め、ですから、和尚である沙悟浄は身分的には一段高く、三蔵法師と重なります。三蔵法師と共に場の力を期待されているとしました。陰陽的に云えば、孫悟空が空から陽へ、猪悟能が陽から陰へ、沙悟浄が陰から中庸とも言うべき場へ120度ずつ転回しているのです。

　その関係を五行に当てはめると、孫悟空は陽で火・金ですが、八卦炉で火眼金瞳を得ていますので、馴染みやすいのでしょう。火眼金瞳は当初は風や煙に弱かったのですが、黄風怪の段で目薬をもらい、鳥の力も得て、妖怪を見破る力をはじめ存分に力を発揮します。猪八戒は水と木に相当しますが、時に水の中で活躍することはありますが、総じて孫悟空に馬鹿にされ、さえない存在です。沙悟浄はもともと末弟で目立ちませんでしたが、場としての自覚が高まり、36話や59話での活躍に見られます。

　行と戒はその点では同等でありライバル関係にあります。猪八戒は陽から陰へ変わっていますので、不慣れで自覚もなければ力量もありません。孫悟空に馬鹿にされ、そのうらみを晴らすため三蔵法師に禁錮の発動を扇動します。

　周易説卦伝に八卦を動物に譬えて次の記述があります。"八卦を動物に当てて云えば乾は健やかだから馬、坤は従順だから牛、……巽は地に伏して声を響かせるところから鶏、坎は水だから泥水中にいる

豕、……"

　孫悟空はその名から巽卦ですが、猪悟能は豕（イノコ）から亥・豚に引かれて坎卦が当てはまります。

　巽卦は次のようにも云われています。"巽は木であり、風であり、長女であり、色は白であり……風の操急さと関連させて金儲けに精を出す人であり、究極的にはすべてが操を意味する卦である。"

　いかにも孫悟空の性格が表されています。それと同時に孫悟空の中にも木の性格があり、猪悟能とは木の高さを競合するような意味もあります。この点からは猪悟能が木の性格を抑えることが一族のチーム作りには必要だと考えるのでしょうか。猪悟能はしばしば木母と当て字されていますが、戒が陰ゆえ水に併せて木を配当していますが、その根拠はあまりはっきりしたものではありません。猪悟能が木なかんずく柳を目の敵に壊しますが、木を配当されていることに怒っているのかもしれません。柳は音がリウ、木の代表として龍木ないしは立木＝甲の象形としているのでしょうか。

　ついでに、3人に関係する卦も見ておきましょう。

　離卦"離は火であり、太陽であり、稲妻であり、中女であり……乾く乾燥するを意味する卦である。また、卦象から中がうつろで外が固いので、防御や蟹やスッポンのような甲羅をもつ動物を意味する。"孫悟空は水の中では蟹に化けます。

　坤卦"坤は地であり、母であり、包蔵するという意味では布であり釜であり、また吝嗇である。多様という意味では文（アヤ）であり衆であり、……地の色としては純粋な黒である。"沙悟浄は黒んぼうと

呼ばれます。

　炊卦 "炊は水であり、溝であり、地下水であり、水の性格から危険であり柔軟である。身体の水から血液とされ色は赤である。……水にちなんで通ずる意として水の精月や盗人、堅くて芯の多い木とされる。"

4、小雷音寺の段（65話66話）

　山を越え、西の平らなところにたどり着いた時、立派な楼閣を見つけます。孫悟空は雷音寺に似ているが何か違うと直感しています。三蔵法師は前のめり、雷音寺の文字を見て馬から下りて、地面にひれ伏します。

　孫悟空は "小" がついています。と指摘して入らないように助言しますが、三蔵法師は服装を改め進みます。山門の中から声がかかり、三蔵法師、猪八戒、悟浄もひざまずきます。孫悟空は妖怪と分かり、棒で打ちかかります。その時鐃鈸（ニョウバチ・ドラのような打楽器）がガチャンと落ちてきて孫悟空を閉じ込めます。他の3人もつかまり縄でぐるぐるに縛られます。

　悟空は悪戦苦闘、自力では脱出できず、印を結んで五方掲諦等3神を集めます。それでもどうにもならず、玉帝に頼み28宿も応援です。そのうち、角をもつ亢金龍が角を間に入れて、角に穴を開けてようやく悟空脱出です。

　孫悟空はでるとすぐに鉄棒で鐃鈸を叩くと、この珍宝はこなごなにくだけてしまいました。

さて、妖怪の名は黄眉老仏、さんざん戦いますが決着はつかず、古ぼけた白い木綿のだんぶくろを取り出します。それをサーと上に放り投げますと、悟空も五方掲諦も28宿もみんな包まれてしまいます。みんなきつく縛られ地べたに放り投げられています。夜中に三蔵法師の声が聞こえ、孫悟空は思い直して総員を救助します。

　荷物を忘れたことに気づいた悟空は荷物を取りに戻り、他は広いところで待つこととしました。荷物をもってにげようとした矢先、荷物を落としその音で妖魔達を起こしてしまいます。起きた妖魔一行を見つけ、また戦いです。孫悟空は荷物はそのまま、逃げて皆と合流、戦いに参加します。ここでまただんぶくろ、孫悟空は危険を察知して天の高みまでとびあがり逃げますが、他の一同はまた包まれて逮捕です。

　新たな助けを求めて、蕩魔天尊にお願いして亀と蛇の2将と五大神龍に参加してもらいます。しかし、戦うもまただんぶくろです。次に国師王菩薩に頼み、小張太子と四将をつけてもらいます。また、戦いますが、結果は同じ。

　悟空も困り果てていますが、そこに登場するのが阿弥陀如来です。妖魔は阿弥陀如来の磬（鐘をならす役目）をつかさどる黄眉童子であることが分かります。阿弥陀如来は一行を救うために童子を収服に来たのです。その方法が瓜畑を開いて、悟空は熟れた瓜に化けて妖怪に食べさせて、また腹の中で大暴れの方法をとります。

　さて、ここにまた、瓜がでてきますが、11話劉全の話を思い起こします。この時は"瓜を瓊（ケイ・宝）に代える"という成語を糧に

推量しましたが、それを用いれば"瓜に及ぶ"や"瓜期"に当たります。熟れた瓜をさして任期が来たという意です。正に"役割は終わった帰るべし"が当てはまる場面です。ここでも11話の何気ない挿話が周到な布石の役割を果たしています。

　阿弥陀如来は初めて登場です。西天の仏土にいる諸仏の師のような立場にあり、無限の慈悲と知恵を持つ仏とのこと、7福神のほていさまに譬えられるといいますから、だんぶくろは布袋様の袋をイメージすると分かりやすいのかもしれません。

　最初に孫悟空が閉じ込められる鐃鈸が何か気に掛かるところです。字から引くと鐃はちいさなドラ、鈸は丸い銅板を合わせて鳴らす楽器とのこと、シンバルのような楽器なのでしょうか。金偏を除くと堯の友とも読めます。囲碁を考えると、堯は子供の教育のために囲碁をつくったと伝えられる古代伝説の五帝の一人です。孫悟空を地や目と考えると碁盤上の空が石に囲まれて逼塞している状態が見えます。悟空が脱けるとばらばらになりますが、石が盤面で壊れてしまう図とよく合います。

　孫悟空が阿弥陀如来に文句をいうと、受難がまだ済んでいないので、たくさんの神が降生し難儀を与えなければならないのだ、と答えます。まだまだ多くの試練がまっていることが予想されるのです。

　孫悟空は三蔵法師が受けるべき試練を理解し、試練は避けず緩和する方向に舵を切ることになるのです。

5、稀柿衕の段 (67話)

　ここは柿の木が茂り、腐敗と匂いとで通れず七絶と言われる道が待つ地、駝羅荘です。そこに住む李さん、一晩の宿泊を渋っていましたが、妖怪退治が得意と聞いてころりと態度を変え、歓迎の姿勢です。3年ほど前から妖怪が現れ、家畜や時には人間まで食べられる被害に合っているとのこと。お坊さんや道士に退治をお願いしたが、いずれも殺されてうまくいかなかったとのこと。

　結局、妖怪はうわばみの化け物と云うことがわかり、悟空と八戒で追いかけます。飲もうとする相手に八戒は逃げますが、悟空は飲み込まれ腹の中で大暴れ、金箍棒を突っ張って舟の帆のように仕上げます。帆をはらんで20里も突っ走り、そこで息絶えます。

　村人達は大喜び、八戒が道を開くための食事を用意します。大きな豚に化けた八戒が2日かけて道を開き、無事稀柿洞が清められ、道が開かれたとのお話です。

　地天泰卦に変わって、悟空と八戒が仲良く難を解決し、村人達に功徳を施す物語です。炊卦（八戒）の上に巽卦（悟空）が乗る風水渙の卦を見ましょう。卦象と卦辞を示します。

風水渙（渙とは渙散、散らすの意、風が水上にあって水を吹き散らす卦象による）

　卦辞：渙は亨る。王有廟に仮（イタ）る。大川を渉るに利ろし。貞しきに利ろし。

風水渙

　　（象伝）：渙は亨る。剛来たりて窮まらず、柔位を外に得て上同す。王有廟に仮（イタ）るとは王すなわち中にあ

るなり。大川を渉るに利ろしとは、木に乗りて功あるなり。
(象伝):風の水上を行くのは渙なり。先王もって帝を亨（マツ）り廟を立つ。

爻辞

(初六):用（モッテ）拯（スク）うに馬壮んなれば、吉なり。象に曰く、初六の吉とは順なればなり。

(九二):渙のときその机に奔る。悔亡ぶ。象に曰く、渙のときその机に奔るとは、願いを得るなり。

(六三):その躬を渙（チ）らす。悔なし。象に曰くその躬を渙（チ）らすとは、志、外にあるなり。

(六四):その群を渙らす。元吉なり。渙るときは丘（アツマ）ることあり。夷（ツネ）の思うところにあらず。象に曰く、その群を渙らす、元吉なりとは、光大なるなり。

(九五):渙のときその大号を汗にす。渙のとき王として居るも咎なし。象に曰く渙のとき王として居るも咎なし、とは正位なればなり。

(上九):その血を渙らし、去りて逖（トオ）く出づ。咎なし。象に曰くその血を渙らすとは、害に遠ざかるなり。

この卦は河の上に風が吹き、水が渙散しまた集まる卦です。集める象徴が先祖を祭ることにあります。ここでは李さん、太宗の名字に表れます。

最初は家を見つけ馬を急がせるところが始まりです。李氏の願い

を得て、うわばみの身を帆を立てて散らします。うわばみを退治した後は住民が集まり応援してくれます。そして八戒が"おればっかり"といえば三蔵が"八戒の手柄となる"と後押しします。これが王が発する汗、王の号令は汗と同じで戻ることがないの喩えで言われることです。かくして、柿が熟れて血のようになった道が開けて、害がなくなるとの卦と云えます。

うわばみを舟として退治するのは、明の時代悩まされるようになった倭寇による海賊の被害を云っているのかもしれません。ともあれ、地天泰に変わりチーム団結の証として孫悟空と猪八戒の協業が風水渙卦で裏付けられる物語です。

36話で孫悟空は"我々は28を養い99の功を成し遂げたときにみ仏に会えましょう"といいますが、民に功徳を施すことが28を養う意味であるかもしれません。

6、朱紫国の段（68〜71話）

ここの話は大きく2つに分かれています。前半は孫悟空が王様の病気を治すこと、後半は妖怪を退治し、連れ去られた妃を取り戻すことです。

朱紫国王が若いとき狩りで孔雀大王菩薩のひなに傷つけ、3年皇后と別離する罰を受けることになり、それを引き受けたのが観音菩薩の乗り物：金毛コウ（一種の犬）であったとのこと。それが麒麟山獬豸（カイチ）洞に住む妖怪の正体で、その忌明けに一行が遭遇したのでした。

獬豸は鹿に似た聖獣の意味があるようですが、豸はむじな偏と呼ばれ、たぬきやひょう等の字を形成します。この観音菩薩の乗り物は水簾洞の偶狌王を指しているのかもしれません。

　妖怪の武器は3つの鈴、その鈴は猛火・猛煙・砂塵を吹き上げる武器ですが、孫悟空は火に強い鳥に化けてもぐり込みます。三昧風や三昧火に鍛えられ、火や風にすっかり強くなっています。孫悟空は皇后を助けるために入れ知恵、皇后は媚態をもって妖怪をさそい武器を預かり、孫悟空はニコ毛を使って入れ替えます。妖怪はそれに気づかず、にせものの鈴をもって戦い、本物の鈴を当てられ死にそうになります。その時観音菩薩が妖怪を救いに来るのです。

　3年間の別離の間、張伯端という道士が棕櫚（シュロ）の服を着せ、皇后の貞操を守ったとの話もついています。

　これは烏鶏国の物語とよく似ています。この時は文殊菩薩の乗り物青毛の獅子が妖怪で、文殊菩薩の水難の事故を国王が償う忌明けに一行が遭遇する物語でした。その時の前半は王の蘇生、これは三蔵法師の現世での出世欲の復活とみましたが、今回は薬による癒やしになっています。三蔵法師の憂いを断つ、己の欲するところを行いて則を超えず、の境地に至ると云うことでありましょう。

　この中に孔子の次の言葉が織り込まれていることになります。

　49話：通天河の出発　立命→50にして天命を知り

　58話：6耳獼猴　耳順→60にして耳に従い

　69話：憂いを絶つ薬→70にして己の欲するところに従がいて則を超えず

いろいろな薬を混ぜて、最後に鍋底の煤と竜馬のおしっこを混ぜます。その丸薬を無根水で飲むとのこと。無根水も実際は東海龍王のくしゃみとつばです。誠に荒唐無稽に聞こえますが、煤を火の末とおしっこを水の末と考えれば、36 話で悟空が水火既済の水平線にある薬草を煎じて……というところに該当します。最初は下の水と火の末、それに上から龍のつばが乗りますから、火水未済に替わります。64 卦が終わり、乾・坤卦へ進む準備ができたことになります。

　ここは全体としては地天泰の卦を担いでを進んでいるのですが、水火既済のかげがここに残ります。それを無根水で飲み込み火水未済・64 卦も終わり、70 にして惑わず・古来稀なる心境で最後のつめの旅を続けるということでしょうか。

　ここでは水火既済と火水未済が重なるように見えますが、この 2 つの卦はポジとネガのような対照卦で、互いに互卦の関係です。表面には地天泰卦が天地否卦が行ったり来たりしていますが、背景に水火既済と未済がぐるぐる廻る図なのかもしれません。

7、古稀の数論

　初期 9 路の碁盤が合わさった 17 路盤から一路増えた 19 路盤は、チェス盤が将棋盤に変わったことを意味すると述べました。その将棋盤は 81 の困難を経て満願 100 話を成就する西遊記を表し、また、物語の構造を写したフラクタルな構造を持つとも述べました。

　ここにもうひとつ 70・古稀とも関係する数論的な意味合いを持った数列が表れますので紹介しておきましょう。

次に将棋盤上にパスカルの三角形と呼ばれる数列を述べた図を示します。この数列はもともと中国にあったものですが、パスカルが確率論で使ったためにパスカルの三角形と呼ばれるようになったものです。

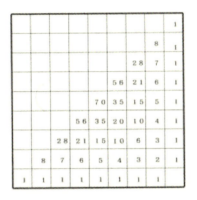

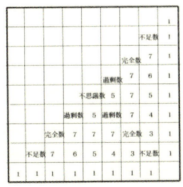

上の数表に2・6・20・70と8・28・56・70と70を頂点とする数列が現れます。それをピタゴラスが定義した数の性格で分けると、下

の表に示すとおり、2と8は不足数（約数の合計より小さい数）、6と28は完全数（ちょうど合う数）、20と56は過剰数（約数の合計の方が多い数）、そして頂点の70は過剰数の中の不思議数ときれいに並んでいるのです。

70の不思議数について説明しておきましょう。

約数を取り出しますと次ぎのようになり過剰数であることが分かります。

　小の数　　　1　　2　　5　　7

　大の数　　70　35　14　10

　70を除く合計　74＞70　∴　過剰数

ほとんどの過剰数はちょうど自分自身と同じになる約数の組み合わせを持っていますが、70は持たないのです。約数の中に過剰部分4と丁度合う約数の組み合わせがありません。(20の場合、約数は1・2・5・10で過剰数ですが、1＋4＋5＋10＝20を持っています。ほとんどの過剰数は中に丁度合う因数を持っているわけです)

これは大変珍しい数で、100まででは唯一ですが、それ以上の数字でもなかなか見つかりません。70歳を古稀として祝いますが、単に珍しく長生きした（西遊記では孔子の言を採りましたが）以上に数論的な意味も隠されているのです。

70は八戒と沙悟浄が89とされている関係で孫悟空の数として暗示されているようにも思います。にこ毛が化けた小悟空の数であったり、心猿として円周率の近似値10が暗示されたり、陳間保7才の子に化けたりというようなところです。

一番下の数列は 2 と 8 の間に並ぶ自然数です。2 は空間としては線・2 次空間を表す数であり、8 はしばしば円の象徴とされます。

　ここに現れる 5 つの数（3・4・5・6・7）は天（円：8）と地（空間：2）とに挟まれた陰陽 5 行を象徴する数列になっています。最初の数 3 は最初を表す素数であり、最後の 7 は完成を表す数であり、5 は午・五・互を通して転換点の意味を持っていましたが、ここに陽・陰・中・陰・陽の 5 つのステップが刻まれているのです。

　36 話で悟空が"28 を養い 99 の功を成しとげたときはいとも簡単に御仏に会えましょう"を思い出させます。99 は 81 の困難を克服する意味でしたが、28 は 3〜7 が表す陰陽五行の理を修得する意味であるのかもしれません。

　碁盤の 17 路から 19 路への拡張は将棋を通して、数を通して、西遊記の物語を深く語ってくれているようなのです。

第 9 章　八戒の浄（第 72～79 話）

1、卦としての八戒を訪ねる

　3 人の弟子の法名とあざなの間にある葛藤があり、その矛盾が猪八戒に集中的に現れているようにも見えます。行・戒・和のあざなが能・浄・空が 120 度回転したような理解をした上で、猪八戒は陽が陰に替わってなかなか戒の力が発揮できないと考えてきました。亥が丑に替われないので、牛魔王の一族が外から支えているともしてきました。

　果たしてそうなのか、三蔵法師が行・戒・和とあざなを与えた根拠を八卦から考えておくことにしましょう。そこから考えるともう少し違った図が見えてきそうです。

　既に孫悟空は、巽と震の八卦から 64 卦・風雷益を導き、行者にふさわしい卦としてきました。八戒はどうでしょうか。

　八戒は在家の信者が守るべき戒として、八戒と名付け、空が陽（行）に廻ったので押されて陰である戒になったと考えてきました。戒と同音の卦に解（40 番）と夬（43 番）があります。解は解散・解消・険を解く、夬は決去・決断・決開というような意味を持つ卦です。それを悟一門の八戒として 5×8＝40 番目の解を暗示していると見ます。

解は雷水解となりますので、卦象と卦辞を次に示します。

雷水解（解は解散・解消・険を解く意、険に居て能く動く卦象による）

卦辞：解は西南に利ろし。往くところなければ、それ来たり復（カエ）って吉なり。往くところあり、夙（ハヤ）くする時は吉なり。

雷水解

（象伝）：解は険にもって動く。動きて険より免れるは解なり。解は西南に利ろしとは往きて衆を得るなり。往くところあり夙（ハヤ）くするときは吉なりとは往きて功あるなり。天地解けて雷雨作り、雷雨作って百果草木みな甲坼（コウタク）す。解の時大いなる哉。（甲坼：固い殻を破る意）

（象伝）：雷雨作るは解なり。君子もって過を赦し罪を宥む。

これからすると、猪八戒の名は危機からの解放あるいは解消の卦になります。チームの解散をすぐに言い出す。先鋒としてまぐわをもって走り出す。まさにこの卦の云うところです。西南とは坤の方角を指すとのこと、平坦安全の地に難を避け待つか、早く取り組んで解決するか、どちらかの選択です。この卦象からは水はありますが、木は辛うじて卦辞の甲坼しか見えません。しかし、この甲は木の象（キノエ）というより固い種の殻ですから、穀物一般の芽生え、まぐわに象徴される農事の色が濃厚です。木母と言われ、五行の木に配当されること自体が不本意であるのかもしれません。

爻辞も併せて示しておきましょう。

爻辞（下から5番目が本人、2番目がその正応関係（原因・誘因）とされる）

- （初六）：咎なし。象に曰く、剛柔の際（マジワリ）は、義として咎なきなり。
- （九二）：田（カリ）して三狐を獲（エ）、黄矢を得たり。貞しければ吉なり。象に曰く、貞しければ吉なるは、中道を得ればなり。
- （六三）：負い且つ乗り、寇（アダ）至を致す。正しくとも吝なり。象に曰く、負い且つ乗るとは、また醜（ハ）ずべきなり。我より戎を致す、また誰をか咎めん。
- （九四）：而（ナンジ）の拇（オヤユビ）を解く、朋至りて斯（ココ）に孚あり。象に曰く、而（ナンジ）の拇（オヤユビ）を解くとは、いまだ位に当たらざればなり。
- （六五）：君子惟れ解くことあらば、吉なり。小人に孚あり。象に曰く、君子解くことありとは、小人退くなり。
- （上六）：公もって隼を高墉の上に射る。これ獲て利ろしからざるなし。象に曰く、公もって隼を射るとは、もって悖（モト）れるを解くなり。

初六が悟浄、六三が悟空と見ることもできますが、六三の卦が悟空の得意技として現れるのも、面白いところです。

他の2人についても、検討しておきましょう。

三蔵法師は7番目の師・地水師がぴったりします。なんといっても"師"です。沙悟浄はゴビ砂漠の上の流沙河を水と見ると地の上の水、8番目の卦水地比になります。これは人々が親しみ助け合う卦とされていますので、和の名にぴったりです。また、地水師とは対照卦になり、かつ、互卦は地水比は山地剥（まさに浄の卦です）、地水師の互卦は山地復の卦です。沙悟浄が場の力として三蔵法師を助けるには良く似合う卦と云えるでしょう。

以下に、卦象と卦辞を示します。

水地比（親補、比（シタ）しみ助け合う意。九五が陽爻、他は陰爻従順する卦象）

水地比　　地水師

　卦辞：比は吉なり。原（タズ）ね筮（ウラナイ）て元永貞なれば咎なし。寧（ヤス）からざるものもまさに来たらん。後るる夫は凶なり。

（象伝）：比は吉なり。比は輔（タス）くるなり。下柔順するなり。原（タズ）ね筮（ウラナイ）て元永貞なれば咎なし、とは剛中なるをもってなり。寧（ヤス）からざるものもまさに来たらん、とは上下応ずればなり。後るる夫は凶なり、とはその道窮まればなり。

（象伝）：地上に水あるは比なり。先王もって万国を建て諸侯を親しむ。

爻辞（省略）

地水師（兵衆・軍隊の意、九二の陽爻が六五の君主を助けて険の道を
　　遂行する卦象）
　卦辞：師は、貞なり。丈人なれば吉にして咎なし。
　（彖伝）：師は衆なり。貞は正なり。能く衆を以（ヒキ）いて正し
　　　　ければ、もって王たるべし。剛中にして応じ、険を行いて順
　　　　なり。ここをもって天下を毒（クル）しめて、しかも民これ
　　　　に従う。吉にしてまた何の咎あらん。
　（象伝）：地中に水あるは師なり。君子もって民を容れ衆を畜（ヤ
　　　　シ）なう。
　爻辞（省略）

2、盤糸洞の段（72 から 73 話）

　さて、物語に戻りましょう。

　師弟揃って景色をながめるうららかな日、三蔵法師が一軒の人家を見つけ、自分で御斎をもらいにいくと 7 人の女性に会います。女性は 3 人と 4 人のグループに分かれていて、3 人は三蔵法師のお相手、4 人は御斎の料理作りです。料理はなんと人間様の料理、匂いを嗅いで、なまぐさ料理とわかった三蔵法師は食べません。帰ろうと思っても帰してくれず、ぐるぐる巻きに縛られて天井につるされます。7 人の女性は裸になってヘそから糸を出して屋敷をすっぽり包んで

しまいます。女怪は蜘蛛のばけものでありました。

　待っていた弟子 3 人、家が雪のように輝き銀のように光っているのを見て、異変に気づきます。印を結んで土地神を呼び、情報収集です。妖怪の実力は分かりませんでしたが、女性の妖怪 7 人で日に 3 回温泉にはいることをつきとめます。悟空は温泉で待ち伏せ、羽虫に化けて話を盗み聞きし、三蔵法師を食べようとしていることを知ります。

　この温泉は濯垢泉との名、太陽の 10 羽のうち、9 羽の烏（ここでまた烏の登場です）が撃ち落とされてできた温泉のひとつ、"俗塵去りて佳人は新た"との効能を持つ湯です。

　悟空は相当慈悲の心を持つようになっていますので殺生を避け、鷹に化けて衣類を持ち去り、動けなくする作戦です。着物をかっさらって八戒と悟浄のところに戻ります。悟空は妖怪は風呂の中、裸で動けないので三蔵法師を助けて旅立とうとの提案です。八戒は後腐れがないように退治する意見です。悟空は八戒に譲ります。

　八戒は張り切って温泉に行き名乗りをあげて温泉にどぼん、なまずに化けて追いかけさせ女怪が疲れたところで、とびあがり元の姿に戻り、まぐわを振り回します。女怪は恥ずかしいのもなんのその、湯船を飛び出し逃げます。ごぼごぼと糸を繰り出す魔術を使い八戒が糸に足を絡まれている間に逃げ出します。

　女怪には養子にしている 7 匹の虫の妖怪がいます。それに後を託して師兄のところに避難します。弟子 3 人は虫の妖怪を退治して、三蔵法師を救い、建屋を焼いて再出発です。

第9章　八戒の浄（第72〜79話）

　この段は三蔵法師が自分意思で行動したことと、八戒が"俗塵去りて佳人"の温泉に入り、垢を流したことに意義がありそうです。あるいは、三蔵法師が自ら難に飛び込む場面を考えるなら、三蔵法師の俗塵の面を代表している八戒に託して三蔵法師に残っている俗塵を洗っている図なのかもしれません。蜘蛛の糸にぐるぐる巻きにしばられた三蔵は俗世のしがらみにしばられている象徴にも見えます。

　一行は更に旅を続け、間もなく黄花観という道観に到着します。

　丸薬を丸めている道士がいます。その道士と7匹の妖怪は同門であったのです。7匹の妖怪は道士の元に身を寄せていたところに、一行が到着、お茶の接待を受けます。毒薬を三厘飲まそうと12個の赤い棗に一厘ずつ毒薬を詰めます。孫悟空は道士の茶碗の棗が黒く2つしか入っていないのを見つけて、交換を提案します。断られた悟空は怪しいと思い蓋を閉じて見ています。八戒が一番に、ついで三蔵法師と悟浄が飲みますが、3人とも泡を吹いて倒れます。悟空はこれは毒だと見破り、茶碗を投げつけます。すると奥から出てきた女怪、ごぼごぼと糸を繰り出しおおきな苫を作って悟空を閉じ込めます。そこを辛うじて逃れた悟空、土地神を呼んで尋ねます。たいした術がないことがわかった悟空70匹のちび悟空をつくり、糸を引っかき回します。糸が破れ7匹のくもが出てきます。くも達は助命嘆願し、三蔵を返すと云いますが、道士は返さず自分で食べると云います。怒った悟空は蜘蛛を思い切り叩き殺してしまいます。宝剣と金箍棒の戦いはやや悟空有利。ところが道士服をぬぐなり両手を挙げて脇の下から千個もの目玉を出し、金光で悟空を炙ります。

181

金光の光に熱く乾いた気に封じ込まれ、にっちもさっちも行かなくなり、八卦炉で鍛えた鉄の頭もぐにゃぐにゃ。飛び上がっても脱けられず、穿山甲に化けて地に潜って辛うじて逃れます。そこで喪中の女に化けた黎山老姆に会います。道士は百眼魔王または多目怪と呼ばれる妖怪で、退治するためには千花洞の毘藍婆（世間から身を隠して300年ちょっと気難しい人のようです）に頼むよう教えられます。

　黎山老姆は道教系の神ですが、23回に観音菩薩に誘われ文殊菩薩と普賢菩薩と3人娘に化けて八戒の凡心を試しました。その縁で孫悟空とは顔見知り、黎山の名レイ・0から孫悟"空"の守り神のひとりであったのでしょうか。そして毘藍婆、あの羅利女は法華教の中では10人の羅利女となり毘藍婆もそのひとり、また毘藍は劫初劫末に吹く大嵐とも云われるとのこと（コトバンクによる）こちらも巽である風と縁があることになります。

　毘藍婆は昴日星官の母親、息子が太陽で鍛えた針を持ち、針を投げ上げたら金光は消え、あっさり妖怪を退治します。妖怪はムカデの化け物、55回で息子が鶏となりおおさそりを退治しますが、母親ですから雌鶏、やすやすとムカデを退治したと悟空も納得です。

　ここはまた、金光がテーマです。7人の女怪、毘藍婆、黎山老姆、地下深くもぐって逃れるなど、女性・陰の世界が強調されています。

　夜、星の世界であると考えると、7人の妖怪は北斗7星やスバル座などを思い起こさせます。すると、百眼魔王は名からすれば北極星と云うより天の川のような群星を想像します。百眼魔王と悟空が対置しているとき、7人の妖怪も三蔵を含めた一行3人も死んでいない時

です。悟空は光に当てられふらふら、堅い頭もふにゃふにゃになり、地下深くもぐってようやく脱出です。

ここに父親と息子の関係に似た2人の秘儀があります。悟空の中の質量的なもの、すなわち、生まれたときの金光が百眼魔王に吸収・移されたと見ます。

石猴としての質量は光と共に移され、毘藍婆が助産婦として、黎山老姆は仲介役としてその秘儀を司ります。ここに金光寺を潜龍寺と変えた意味が実現したのです。

また、ここで孫悟空は70が強調されています。70古希の数です。古稀への到着を表しているのでしょうか。

猪八戒が入った温泉で落とした垢は悟空の金光であったのかもしれません。

3、獅駝洞三魔王の段（74～77話）

獅駝洞3魔王の話と聞けば、まず浮かぶのが花果山水簾洞における7魔王の残り3人です。牛魔王はすでに大活躍でしたが、咬魔王は咬魔を虫の類いと見ると、子母河のところで弟として出てきたようにも思えます（もっとも生死は不明ですが）。あるいは盤糸洞のくもと虫の子供かなと思ったりします。6耳獼猴として美猴王と獼猴王と4将を想定しました（これは自己の克服という意味で殺されました）。狸狖王（駆神大聖）は狸の類いとするなら、解豸洞の賽太歳が相当する可能性もあります。残る鵬魔王（混天大聖）獅駝王（移山大聖）狸狖王（駆神大聖）がここの魔物として扱われているのかという

問題ですが、物語を追っていきましょう。

太白金星が妖怪を予告するところから出発します。この 3 魔王は獅駝嶺獅駝洞に部下 48 千人と共に住んでいて、神通力が広大とのこと。悟空は猪八戒を三蔵法師の警護に、悟浄を馬と荷物の番に残し、情報収集に行きます。巡回兵をつかまえ聞き出します。

"一大王は玉帝が派遣した 10 万の大軍と戦い城門みたいな大きな口を開けてひと呑みしようとしたので天兵達も退散した武勇伝を持っています。二大王は関羽のような面構え、牙と咬龍（コウリュウ）のような鼻を持ち戦にはその鼻で相手をひょいと巻き上げます。三大王については俗界の魔王ではありません。万里鵬と号し風を切って海を越え自由自在にどこへでも行きます。陰陽 2 気瓶を持ちその瓶に閉じ込められると、半時もしないうちに溶けてしまいます。"

さらに、"1 番目と 2 番目の大王はこの獅駝洞に住み、三大王は獅駝国に住むと云います。その国の王や老若男女ことごとく食い尽くし妖怪だらけの国としています。今回 3 大王が揃っているのは、三大王が取経の旅の話を聞きつけ、孫悟空対策として 3 魔王が義兄弟の契りを結んだためです。"巡回兵を殺し（少し心の痛みを感じますが）、巡回兵に化けて敵の本拠地に乗り込みます。項羽の楚歌そっくりの戦術（楚歌を歌い 8000 の軍を逃散させる三国志の故事）を使い部下を散らして中に入りますが、そこで 3 大魔王の正体が分かります。中央に青毛の獅子、左手に黄牙老象、右手に鯤の頭を持つ大鵬鵰、がでんと座っています。咬魔王は意外なことに象であるのです。

さて、3 魔王との戦いの段に入ります。

最初は見張り番に化けていることが露見し三魔王がもつ浄瓶に入れられます。危機一髪そこで観音菩薩に与えられていた 3 本の固いにこ毛を（救命にこ毛として 15 回に与えられます）思い出し、それを使い錐と竹ひごとひもにします。穴を開けて脱出に成功、かろうじて逃れ三蔵法師のもとへ戻ります。

　さて、次は三蔵法師のアドバイスもあり、守りには悟浄をつけて八戒と一緒に妖怪退治に行きます。最初は一魔王です。戦いでは八戒の活躍もあり、優勢です。追いかける八戒、すると獅子は大きな口を開けて飲み込もうとします。八戒は逃げますが、悟空は進んで口の中。勝ったつもりで一魔王は洞窟に帰りますが、そこは悟空の得意技、腹の中で大暴れ、一魔王はついに降参、3 魔王が力を合わせて一行を送る労をとることを約束したので解放します。

　3 魔王の方は約束をご破算にして、二魔王が 3000 の部下を連れてもういちど挑戦です。今度は八戒が戦います。またまた、間抜けな戦いぶり象の鼻に巻き上げられて捕虜になります。悟空は助けにも行かず帰ります。三蔵法師のとりなしで助けに行きます。羽虫に化けた悟空、八戒の耳にとまり、八戒をいじめます。閻魔大王に化けて脅したり、へそくりを出させたり、いろいろ意地悪します。

　助けたあと二魔王との戦いです。悟空も鼻で巻き上げられますが、なんと八戒の助言で鼻の中に如意金棒を差し込む作戦が当たり、やっつけます。八戒もまぐわで参戦、共同作戦が当たり、妖怪を三蔵の所まで引きずってきます。"生糸一本じゃ糸は撚れない。片方だけでは手も鳴らせない。"これが今回のテーマで八戒と悟空の協業です。

こうして二魔王を倒します。二魔王も三蔵一行を送ることを承諾します。三魔王はもうひとつ新たな計略を提案します。粛々と送ることにして、獅駝国へ案内しそこで一行を抑える案です。3魔王はまたそこで裏切りの合意、従うふりをして送ります。

　400里、3妖怪がぴたりと守り、ところどころに御斎の場を設け、粛然と送ります。ご機嫌の三蔵法師、泰極否還生（泰卦が極まると否卦になる）との言葉。ここに全体は地天泰卦の下での旅ですが、次の卦は逆さまの天地否卦ですから、油断するとすぐ否卦が待っているとのことです。この物語、しばらく泰卦と否卦を行き来するようです。

　獅駝国へついた途端、悟空は異常に気づきますが、すでに手遅れ3対3の戦いが始まります。その間かねて準備していた手下の16人が荷物と三蔵をさらっていきます。

　八戒が一番先に、ついで悟浄も敗れ、金鑾殿に幽閉されます。悟空も觔斗雲にのって逃げ出しますが、三魔王に楽々追いつかれ捕まります。悟空はひととび十万八千里、大鵬はなんと羽根ひと扇ぎ九万里というすごさなのです。

　4人が捕まり、三蔵法師がさめざめと泣くと、八戒も悟浄も泣きます。悟空はへっちゃら様子を見ます。さて、魔王は手下に命じて4人の料理に掛かります。悟空は術を使って身代わりを鍋に残し自分は高みから見ています。北海龍王を呼んで、冷気で火の周りを包み3人の命を救います。悟空は火番の十人に催眠虫を放り眠らせます。3人を救い竜馬と荷物を回収、逃げようとしますが果たせず、八戒、悟浄、

三蔵法師は再び捕まります。ここで大魔王新たな悪知恵、三蔵法師を鉄櫃に閉じ込め、生きたまま食われたとの噂をばらまきます。悟空が聞いて去ったら、ゆっくり料理する算段です。

　獅駝洞に行き残った子分の妖怪を退治した悟空、獅駝国に戻ると町中三蔵法師が生のまま食べられたという噂です。官吏に化けて宮殿に侵入、八戒と悟浄に会いますが、2人とも三蔵法師は生のまま食べられたと云います。

　すっかり悲観した悟空、あれこれ考え、釈迦のところに抗議に行くことにします。経をもらい三蔵法師の身代わりで中華に届けるか、禁錮術を解いて貰って水簾洞に戻ることを考えます。

　お釈迦様は"今度ばかりは全く手が出ません"と泣きじゃくる悟空を慰め"妖怪の3匹は自分の顔見知り"と云います。文殊菩薩の乗り物青毛の獅子が一魔王（これが出てくるのは2回目ですが）、普賢菩薩の乗り物白象が二魔王、三魔王・大鵬は仏教に縁の深い孔雀と母を同じくする鳥と云います。

　一魔王と2魔王は文殊菩薩と普賢菩薩に遇いあっさり降参、収服されますが、三魔王はお釈迦様のいうことをなかなか聞かず反抗的です。ここに荘子が現れます。老荘思想と云われるように老子と荘子は自然を説く哲学として、一括して呼ばれることがあります。老子は太上李老君として道教を代表する神として登場してきましたが、ここに荘子登場です。「荘子」のはじめは鯤と鵬の寓話から始まります。曰く、"北冥に魚あり、その名を鯤となす。……化して鳥となり、その名を鵬となす"

荘子応帝王編に次の寓話があります。"南海の帝である儵（シュク）と北海の帝である忽（コツ）が、たまたま同じ時に、中央の帝である渾沌のところに遊びにやってきた。渾沌は大喜びして心からもてなした。2人は好意に報いようと相談し、目・口・鼻・耳の7つの穴をプレゼントしようと掘っていった。さて、その穴が完成したとき、渾沌は死んだ。"

　仏教の"空"と荘氏の"渾沌"は母を同じくする概念と云うのでしょうか。

　ここは、八戒の卦雷水解に依っています。(九五) が三蔵、(六二) が八戒です。八戒が主役で戦いますが、悟空の助けでなんとか勝ち、3魔王と一行を送る約束を取り付けます。正に"田（カリ）して三狐を獲（エ）、黄矢を得たり。"です。ここで悟空が意地悪しますが、多分、八戒への嫉妬心の表れでしょう。

　それが (六三) "負い且つ乗り寇の至を致す"ことになるのです。"正しくとも吝なり。象に曰く、負い且つ乗るとは、また醜（ハ）ずべきなり。我より戎を致す、また誰をか咎めん。"というわけで、うまくいくわけはないのですが。

　(六五) で解決、最後には、(上六) "公もって隼を高墉の上に射る。"として抵抗する大鵬を収服します。

　渾沌・カオスの数学として、"北京で蝶が羽ばたくと、ニューヨークで嵐が吹く"と譬えられます。因果的な現象を扱う力学系の中に、わずかな初期値のゆれが予想不可能な大きな値として出現する現象の発見です。儵忽とは"たちまち"という意味ですが、荘子は渾沌・

カオスが定量的な因果律で予想できる現象とは違うことを感じていたのです。通常の五感の論理では捕らえきれないカオスの現象を7穴の喩えは表しています。

　空はひととび10万八千里、カオスは羽ばたけば9万里、孫悟空は追いつかれるというのも面白いたとえです。一大王は獅子で音から数詞（数とことば）、どんな大きなものでもひと呑みです。二大王は象で形象、どんなものでも薄っぺらな象として切り取ります。この2つの記号を渾沌・カオスが包んでいる図です。カオスもある関数ではありましょうが、今、私達が定量的に操作できるところから外れた関数です。

　こう考えると、西遊記は豊かな情報論の上に作られた物語だと感じます。

4、比丘国の段（78話79話）

　ここは比丘（僧侶）から小子城に名前を変えた国のお話です。

　鷲鳥の籠があり、1111人の男の子が入れられています。

　道士が16才の娘を献じ、美后と名付け王はうつつをぬかし、体力消耗、明日をも知れぬ身となり、道士に頼っています。国杖と名乗り、不老長寿の秘法を語りますが、その副薬が1111人の子供の心臓を煎じるというとんでもない非道です。ひとびとは小子国とうわさします。

　八戒"ここの人民がどうなろうと王とその人民の問題、私達には関係ないこと、さっさとこの国を出ましょう"との提案。三蔵法師は

"出家人は功徳を積まねばならぬ、人の心肝を食らって長生を図るとは無道の行い"と怒ります。

　悟浄は"通行手形を貰うとき、よく観察しましょう。妖怪かもしれません。"と話し、悟空は子供を助ける算段をし、三蔵は感謝。

　孫悟空は早速印を結び、俺浄法界！神々を集めます。土地神、城隍神、社令、新館、真官、五方渇諦、四値功曹、6甲6丁、護経伽藍、陰風を集めて子供を救い隠します。悟空が戻ると、八戒も一緒に"南無救生薬師仏"と唱える声が聞こえます。ここに東を仏土とする薬師如来を4人揃って呼んでいます。

　さて、翌日三蔵法師は威儀を正し王に面会通行手形を求めます。孫悟空はハエに化けてお供です。そこに現れた国杖、三蔵法師が説く仏教の空の世界観をあざけり、ひとり道教のみを尊しとなすと辱めます。三蔵法師は宿舎に帰り、孫悟空は残り国杖の様子を観察します。そこに子供達が居なくなったとの報告があがります。王は国杖の秘薬の副薬が無くなったことを嘆きますが、国杖は三蔵法師の心肝に代えれば効果は10倍になると、三蔵法師を呼ぶように促します。総ての城門を閉じ軍を出して三蔵法師を捕らえ、礼をもって心肝を要求、応ずれば手厚く葬り、応じなければ力をもって奪う作戦です。

　孫悟空は"小と大が入れ替わる"作戦を提案、三蔵法師と孫悟空が入れ替わる作戦です。三蔵法師と孫悟空は服を取り替え、三蔵法師は八戒の小水でこねて作ったお面をかぶり、孫悟空となって残り、孫悟空は三蔵としてお城に行きます。

　さて、お城では王が心肝の提供を求めますが、何色の心肝かと問い

を返します。国杖が横から、黒い心肝と云います。孫悟空は腹を切りつぎつぎと心肝を取り出します。赤心、純白心、黄心、けち心、やきもち心……、黒心だけはありません。王はびっくり、孫悟空は和尚はみんな良い心を持っています。黒い心は国杖だけです、取って進ぜようと、云います。三蔵は孫悟空と気づいた国杖、ぱっと身を引いて雲にのり逃げます。

　ようやく国杖が妖怪であることに気づいた王と百官、一行に感謝します。

　孫悟空と八戒は妖怪退治、土地神に聞いて柳枝坡清華洞に乗り込みます。柳の木に守られた洞穴です。中に乗り込み戦いを挑みます。

　国杖に化けた老怪、孫悟空と八戒から逃げようとしますが、その時南極老人星が現れ、妖怪を押さえます。妖怪は南極星の乗り物の鹿であったのです。なんと南極星が碁を打っていたすきに地上に逃げてきたとのことでした。娘は白狐、これは八戒が退治、死体と共に南極老人星を伴い比丘国へ行きます。もう王も妃も感謝、宴を開きます。南極老人星が棗を与え、王の健康状態も回復します。

　子供達も親元に帰され、大きな功徳を施しました。

　さて、三蔵法師が孫悟空のお面をかぶる段の意味合いですが、お面はペルソナです。かたちは孫悟空、質量・材料は土の性悟浄と水の性八戒の小水です。八戒の木の性、木剋土の性が剥がれて、めでたく3者が三蔵法師のペルソナを形成しているのです。

　改めて、八戒は柳の木（りゅうぼく）を退治、赤い血（炊卦に属する色）が流れえーんえーんとの鳴き声が聞こえますが、これは猪八戒

の痛みの声なのかもしれません。洞穴も燃やしてあとくされなく、きれいになりました。功徳も積み、一行の団結も進みめでたしめでたし、一行もひと月ここに滞留します。

5、55・70・89の不思議

　三蔵法師が弟子を修復する過程で、猪悟能に八戒と名をつけ、沙悟浄は9つの髑髏をぶら下げていることをもって、8・9を各々の数と考えていました。孫悟空はたとえば龍から金箍棒をはじめお宝を強奪するような話から7番目の干支・辰から7を暗示して7・8・9の連番を背負う3人の弟子と考えてきました。

　この章に至り、三蔵法師の地水師が7番目の卦、沙悟浄の卦が8番目の卦に当てはまることを考えると、少し修正を要するように思えてきました。

　三蔵法師は3人の弟子空・能・浄を蔵する碁盤であり、黒石が沙悟浄、白石が猪悟能、地や目と呼ばれる石が置かれていない場所が孫悟空であり、手や筋と呼ばれる石の働きがロゴス・龍馬としました。

　三蔵は3であり7であり、3+7の10でありというのが三蔵法師、孫悟空は7や10と暗示を示しますがなかなかはっきりしないのは、立志として三蔵法師の中にいる小さな70ではないかと思うようになりました。

　沙悟浄は9ですがここでは8番目の水地比をとおして9・8を示し、猪八戒も9枚の歯を持つまぐわを通して8・9を表すものと考えます。孫悟空が89・98を70で包みさらに三蔵法師が大きな70で包

む構図です。

　数直線上に7・8・9・10を並べると89を70が包む関係であることは了解できることでありましょう。(10干が12支を包む関係を思いおこして下さい)

　ここまでの準備をして、ここに五一門が5人揃うことを考えて55として、55・70・89・98を考えると不思議な数の関係が見えてきます。10の平方根が3.17として円周率の近似値であることは知られていますので、98はより近い円周率の4乗になります。

　55は1～10までを足した数で易でも天地数とされる数です。70は不思議数。実は89も不思議な数なのです。100を89で割ってみましょう。最初は1、次も1、次は2、こうして計算すると以下の数になります。

　1.123581321345589144……

　よく見ると、55や89が含まれています。この数列は1＋1＝2、1＋2＝3、2＋3＝5、3＋5＝8　のように前の2つの数を足して生まれる数列なのです。これは現在ではフィボナッチ数と呼ばれますが、もともとは東洋にあった数列であり、それを12世紀イタリアのフィボナッチがヨーロッパに紹介したためにそう呼ばれるようになったものです。この数列は面白い性格をいろいろ持っていますが、89は自身がフィボナッチ数であり、かつまた、自分の中にフィボナッチ数列を持っている数です。ちょうど5角形の中に五角形と五芒星が相似的な形でずっと連続的に表れるのと同じような性格を持っているのです。五角形は幾何学的な"象"ですがこちらは"数"です。

この数の関係を考えて見ましょう。

55の2乗＋70の2乗＝7925

89の2乗＝7921

驚くべきことにわずかな誤差でピタゴラスの定理が成り立つ関係なのです。これによって、右のような三角形（中国では時を計る圭表としましたが）が得られます。

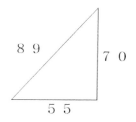

そして、上には天を表す円周率の近似値3.14の4乗（98）があります。

さらに進めて、98と55の関係を調べてみましょう。

98の2乗＝9604

55の2乗＝3025

9604÷3025＝3.17→10の平方根・円周率の近似値

これはこの三角形下辺55を半径とした円が98の2乗（98を辺とした正方形）の近似値であることを表しています。ギリシャ人も関心をもっていた"円積問題"の解が近似的にここに表れています。

作者は意図的にこの関係を物語に織り込んでいるのでしょうか。

第 10 章　子と系の再会（第 80〜83 話）

1、地湧夫人の段（80〜83 話）

　この物語の舞台は無底洞という名の洞穴、大変底の深い意味が隠された物語です。まずは物語の粗筋から。

　一行は深い森の中にきて一休み。托鉢に一行を離れる悟空、花や果物を探しのんびり遊ぶ八戒と悟浄。三蔵はじっと座して心経を念じています。

　そこに助けて！、との声。藤つるでしばられ、下半身土に埋められている女に会います。女は桃のような頬、ぼうだの涙、なかなかの美人です。貧婆国に墓参りにゆき、盗賊に会い縛られたとして、助けを求められます。正体は妖怪ですが見破れない三蔵は八戒に縄を解くように云います。三蔵の功徳で端気がたちこめていた森に黒い悪気が立ちこめてきたことに気づいた悟空、いそぎ戻り、助けようとする八戒の耳をつかまえて倒します。文句をいう八戒、またも 2 人の言い争いです。いったんは悟空の意見に従い助けないで前に進むことにします。ほっとかれた妖怪は三蔵にだけ聞こえる声で追いかけ、こんなことばでつぶやきます。"生きた人間の命さえ助けないで、み仏を拝し、どんなお経をいただくおつもり？"

　これに負けた三蔵、八戒をつれて助けに戻ります。悟空は散々悪態をつき反対しますが、慈悲心をおこした三蔵には勝てません。三蔵も馬を下りて 5 人で道観か寺院まで歩いて行くことにします。

古刹に到着、朽ち果てた寺に見えましたが、中はみごとな鎮海禅林寺。ラマ僧が出てきて丁寧な応対です。
　女性の宿所を相談されますが、結局、毘沙門さまのすぐ後ろにひとりで泊めることにします。
　三蔵法師は病に伏してすっかり弱気になり、長安に取経断念の手紙を書いて悟空に運ぶように云います。励ます悟空、結局 3 日逗留して元気になりますが、その間、妖怪によって小坊主が 2 人ずつ 6 人が食べられたことがわかります。悟空は小坊主に化けて妖怪退治へ向かいます。夜、お勤めをして、木魚をたたいてお経を唱えていると、美しい女性が仏殿に現れ、誘惑します。そこでドンパチ、詩の中で、托塔天王の愛娘、哪吒三太子の妹で、霊山に赴くことも一再ならず、という鼠の妖怪であることが明かされます。
　妖怪はなかなかの腕前、悟空と良い勝負ですがやや劣勢、左足の刺繍鞋を脱いで、その靴が化けて剣を持って悟空に向かいます（これがこの妖怪の得意技）。それと戦っている間に、妖怪はその場を離れひとりでいた三蔵をさらって、陥空山無底洞に逃げ込みます。
　三蔵を奪われた悟空、三蔵をひとり残した八戒と悟浄を叱り飛ばします。悟浄の切々たる訴え、"一本の糸で織ることはできぬ、片方の手で柏手も打てぬ"と云います。機嫌を直した悟空、3 人で師匠を奪い返すことを誓うのです。そしてこの時、はじめてこの妖怪が毘沙門天の横に泊まっていた女であることが明らかになりますが、悟空は会ったときから、火眼金瞳（あかめ）で見通していたと云います。
　悟空はもと来た道をもどり、山神・土地神を呼び情報収集です。山

神・土地神の領域を離れた千里も先の陥空山無底洞に住んでいる妖怪だと告げるのです。まずは八戒が調査に出向きます。女怪の手下に会いそれを頼りに妖怪の住処探しです。入口の大きな岩を見つけて、八戒と悟浄は入口に待機、中には悟空が入り様子を探索します。福地水簾洞を思い出す悟空、蝿に化けて師匠捜し、妖怪が三蔵と祝言をあげる準備をしているところに出会います。三蔵に会い本心から西天にいきたいのか確かめます。地中を下りここまで来ましたが、登りは大変、悟空は得意技の体内に入って妖怪をガイドに脱出する策を考えます。

　酒の泡と一緒に体の中に入る計画、すぐに飲んでくれなかったので失敗、鷹に化けて宴席を壊して脱出します。次は桃園に行き赤い桃に化けて、赤い桃を三蔵が取り妖怪へ、青い桃を妖怪が取り三蔵へ、婚約の儀式を行い、まんまと体内に滑り込みます。

　体内で大暴れ、たまらず妖怪は悟空を腹の中に入れたまま、地上に三蔵を連れて出て行きます。体内からでた悟空、八戒・悟浄と共同作戦でドンパチ。妖怪は脱いだ靴に自分を似せて脱出します。3人が化けた靴と戦っている間に、1人でいた三蔵をさらって再び地底へ。

　気を取り直して今度は変化の術は使わずそのままの姿で中へ入り、尊父李天王位、尊兄哪吒三太子位と書かれた金字牌を発見します。孫悟空は玉帝に直訴する作戦を構想し、証拠になると大喜び。直ちに天界に行き、玉帝に訴状を出します。"李天王は、管理が悪く娘が出奔、妖怪に変化し人々を害すること数々、我が師もさらわれ杳として不明。妖魔を捕らえ裁判に至らしめんことを請う。"という内容です。

玉帝に会い、罰を与えなければまた騒動を起こすと脅かすような始末。玉帝は太白金星に原告である悟空も一緒に被告人李大王のところに行き参内するよう伝えさせます。

　この2人はかつて悟空が天界で大暴れしたときの因縁があります。悟空が最初に天界で大暴れしたとき、その成敗に玉帝が最初に派遣したのがこの親子、哪吒は負傷し敗退します。敗れた思い出がある李天王（托塔李天王）はもうカンカン、悟空を縛り、刀をだしてたたき切る勢いです。そんな娘はいないと言い張りますが、息子の哪吒三太子が300年前に霊山（お釈迦様の住まい）で退治した妖怪を義理の娘にした経緯を話します。思い出した李天王、手ずから縄を解き和解を望みますが、今度は悟空が開き直りゴネます。仲に立つ太白金星、昔貸した恩を頼りに悟空を宥めます。玉帝には太白金星から"原告がづらかったので被告を免訴"と報告して終わりとする妥協案です。悟空は玉帝のところまで戻り復命すると云い張ります。悟空の心変わりを心配する李大王、悟空は"俺も男だ2言はないと"みえを切ります。かくして、復命した悟空と太白金星を前に玉帝も李大王の罪は問わないこととし、裁判は和解します。

　天兵を引き連れ、托塔李天王と哪吒三太子は無底洞まで行き妖怪を収服、護送して天界に連れて帰ります。

　いくつかの問題を検討しましょう。

2、哪吒三太子はなぜ悟空を助けるのか

　李天王は悟空との天界での戦いを思い出してカンカンに怒ったと

ありますが、その時一緒に戦い負傷して敗れたのは哪吒三太子です。

　今回、2人の間には神話にあるような悲痛な父親と子の葛藤の物語が紹介されています。まずはそのお話を見ておきましょう。

　哪吒三太子は李天王の3男、生まれたとき右手に"哪"左手に"吒"の文字が刻印されていたので、名を哪吒としました。生まれて3日目に産湯を使わせようとしたとき大暴れ、後難を恐れた父王が殺そうとしますと、我が身を引き裂き肉を母に骨を父に返し、魂は西方の極楽世界のみ仏のところに行き訴えます。み仏は蓮の根を骨とし、葉を衣として起死回生の真言を唱え、生命を救ったのです。父に恨みを持ち父を殺そうとしたことがありました。その時父天王は仏如来に助けを求め、如来は恨みをとくように諭し、父天王に黄金舎利塔を賜ったとのことです。天王はいつも護身のため、その塔をもって哪吒に会います。それで托塔李天王と呼ばれることになるのです。

　さて、李天王は悟空と最初の戦いに敗れたことを思い出して"カンカン"とのことですが、そんなに悪い仲ではありません。特に哪吒三太子はむしろ悟空の守り神のような役割を果たしています。エピソードを拾ってみましょう。

　ここでは取りあえず、李天王が怒り悟空を切ろうとしますが、それを止めて義理の娘を思い起こさせるのは哪吒三太子です。天界での最初の戦い、負傷した哪吒三太子は復命して悟空を斉天大聖と名乗るのを許すように玉帝に内奏します。しぶる玉帝に太白金星が名目だけの役職を作って襲名させる案を上奏し、戦いを収束させます。

　51回の独角兕大王の段でも玉帝に頼んで李天王と哪吒三太子とを

指名して助けて貰っています。もちろん、61回の牛魔王の段でも参加しています。

33回の金角・銀角の段では妖怪の使いをだますのに手を貸して天を封じ込めます。この時は李天王は参加せず単独に進んで手を貸しています。

哪吒三太子はなにゆえに悟空を守るのか。そこに李大王とのエピソードがあると見ます。この段で紹介される悟空と它女の関係は哪吒三太子が身を引き裂いた経験と同じではないかと推測するからです。

3、"タジョ"とは何者か

この章の冒頭に女偏に宅で"タ"女とあります。妖怪は滂沱の涙です、它女ではないでしょうか。タに宅を使うことによって宅塔李天王や哪吒三太子の関係を強調しています。哪吒には"何者ぞ"という意味がありますので、この妖怪はなにもの？と言う意味もありそうです。

水地比

さて、最初の出会いは土に半分埋められた滂沱の涙の女です。これを卦に治すと地の上の水になりますから、水地比の卦になります。

この卦は悟浄の沙和尚の卦として第9章で示しました。

この卦は人々が親しみ助け合う卦とされます。比は親しむと読みます。卦主九五だけが陽爻で、他はすべて陰爻。九五に従い、良く通る象形です。

爻卦を以下に示します。（一番下から上に1爻ずつ示します。六は陰爻、九は陽爻を示します）

初六：孚（マコト）ありてこれに比すれば（親しむ事の意）咎なし。孚ありて缶（ホトギ：質素な瓦器）に盈るごとくなれば、終わりに来りて它の吉あり。

六二：これに比すること内よりす。貞にして吉なり。象に曰く内よりすとはみずから失わざるなり。

六三：これに比せんとすれど人に匪（アラ）ず。象に曰く、これに比せんとすれど人に匪（アラ）ずとはまた傷（イタマシ）からずや。

六四：外これに比す。貞にして吉なり。象に曰く外にありて賢に比し、もって上に従うなり。

九五：比を顕にす。王もって三駆して前禽を失うなり。邑人誡めず。吉なり。象に曰く、比を顕かにするの吉なるは、位中正なればなり。逆を捨て順を取る、前禽を失うなり。邑人誡めずとは上の使うこと中なればなり。

上六：これに比せんとすれど首（ハジメ）なし。凶なり。象に曰く、これに比せんとすれど首めなしとは、終わるとこなきなり。

初六の卦に示されている它の吉とは意想外の吉とあります。何か出会いがあるのでありましょう。它の匕が比です。また、九五は檎獣を追うに三方から追い、一方に逃げ道をつくるようなおおらかな策をとれば、人々がなついてくるとの意です。

このくだりで、義理の娘・兄妹になったいきさつが語られます。その出自から、金鼻白毛のネズミと呼ばれることになりますが、ネズミ

は12支の子であり、悟空の誕生、石猴が子に相当するともしてきました。火眼金瞳（あかめ）と比較すれば、金の瞳→金の鼻、赤い眼→白い毛、ですから悟空と深い関係にあることが分かりましょう。ついで半截観音、半分に切られた観音菩薩。御仏の力でもう半分を求める名です。哪吒三太子のエピソードを考えると、孫の名の子と系が分かれ、子は五行山に閉じ込められますが、系は逃れて仏に仕えていたことが見えてきます。そういえば、この回で悟空は俺も男だ2言はない、と見栄を切っています。女の子・系はお釈迦様に仕え、300年前に香花宝燭を盗んで、玉帝は縁のあった李大王と哪吒三太子を成敗に派遣します。多分、牛魔王の時と同じように天羅地網に囲まれて敗れ、仏に助けられ下界に落とされますが、その時李大王の義理の娘になり、水簾洞に似た無底洞に住み妖怪となり、地湧夫人と名乗るのです。

　三蔵一行が近くをとおることを知り、もういちど子を求め孫となることを働きかけているのです。それが三蔵法師との結婚願望として表れます。

　它の吉とは子と系の再会なのです。

　21話黄風怪も思いおこしますが、ここでは一応べつものとしておきます。

4、悟空の作戦

　它女が水地比の卦であることを見破った悟空は、自分（巽）が内卦に入れば地風升卦に乗って、八戒・悟浄が待つ地上に出ることができ

ると考えました。

　三蔵にこびを売る女怪、精進料理を用意して夫婦になろうとせまります。悟空は羽虫に化けて三蔵の耳元にもぐり込み、三蔵の堅い気持ちを確かめ、作戦開始です。まずは妖怪が呑むお酒の泡にもぐり込む作戦です。これはすぐ呑まず泡が消えて失敗。はらいせに鷹に化けて宴席を壊してしまいます。

　一旦表に出た悟空、八戒と悟浄に経過報告をして再び地下へ舞い戻ります。洞窟の中に果樹園を見つけた悟空、三蔵に妖怪を誘って果樹園に行き、桃を食べることを進言します。赤い桃に化けて妖怪の体内に入る作戦です。これはまんまと成功。三蔵は赤く熟れた悟空が化けた桃をもぎ、妖怪は青い桃をもぎ、交換して食べます。

　腹の中で大暴れ、これには妖怪たまらず、三蔵を連れて地上まで運びます。表に出た悟空、腹からでて再戦です。八戒がせっかく中に入ったのにやっつけないで、なんで表に出て戦うのかとぶつぶついいながらも悟浄と共に戦います。

　妖怪は3人相手では勝てないと、靴を化身に残して逃げます。3人が靴を相手に戦っている間に、三蔵を見つけて、再び三蔵共々無底洞へもぐり込んでしまうのです。

　そこで、もういちど最初からやり直し、そこで它女が李天王の娘、哪吒三太子の妹であることを知り、天水訟の卦を思い出して大喜びしたのです。

　体内に入るとき、泡を使ってお酒とともに滑り込もうとしますが、失敗。熟れた桃に化けて成功しますが、その意味を考えておきましょ

う。

　ここで体の中に入るのは内卦として入る意味です。羽虫に化けて飲み物の泡として中に入ろうとしますが、失敗し鷹となって破壊します。その後、桃園に行き、青い桃は妖怪から三蔵へ、赤い桃は三蔵から妖怪へ、交換され、その赤い桃が悟空の化けた桃でありました。見事に体内に入った悟空、例によって大暴れ、妖怪に三蔵をおぶって表まで運ぶよう命じます。

　ここで体内に入る技の意味を考えるため、今までの事例を調べておきましょう。この最初は17話観音寺の段、観音菩薩が凌虚子製の丹を妖怪・熊の精に贈呈、丹に化けた悟空が体内に入ることに成功するお話です。この時は一行には八戒と悟浄がまだ入っていませんので、凌虚子・両虚子とは三蔵法師に他ならないのです。三蔵法師はいつもぶるぶるがたがた何もしないように見えますが、3人に"あざな"を与えます。凌虚子製の丹とは"あざな・名"であるのです。ここの回は"有"を与えて熊としてのユーと鳥としてのウ・烏を与えました。これによって混世魔王由来の妖怪は熊のユーと鳥のウ・烏に切り分けられ、熊のユーザンクンは観音菩薩に収服されますが、烏は烏相禅師や烏鶏国の段など物見の役として孫悟空の"火眼金瞳・あかめ"を助けます。

　この三蔵法師に丹として与えられた技術は後悟空に定着、得意技となります。これは悟空は"ことば"であることを示しているのです。

　66回には弥勒菩薩が悟空を熟れた瓜（果物）に化けさせますが、その時の"ことば"は"任期は終わった"というメッセージでした。

火焰山の羅刹女の場合、お茶の葉にもぐって（飲み物）として体内に入るケースですが、この時は牛魔王に"追憶"を想定しました。今は別居して心が離れているかもしれませんが、改めて想いをつないでいるのです。

ここで泡で失敗し桃で成功するのは、追憶を刺激するのでは失敗し、具体的なメッセージ・婚約を出して成功したと考えます。它女は三蔵法師や孫悟空とある思い出を共有する強い経験をもっているかもしれないと悟空は思いましたが、それはうまくいかず、悟空は"思い出"を破壊してしまいます。改めてメッセージ"婚約"を出し儀式として青と赤の桃の交換を企むのです。

これはうまくいきますが、地風升の上六の爻が表す意味を忘れていたので、地上には出たものの、最後のつめが甘く、妖怪を収服するには至りませんでした。ちなみに上六は"冥くして升りて上に在り、消して富まざるなり"とあります。頂上まで行くも成果があがらないとの意です。

その油断が妖怪を逃がすことになりますが、再び地下にもぐり托塔李天王と哪吒三太子の金牌を見つけて大喜び、それは升から天水訟の卦を思い起こしたからです。

次に天水訟卦の象と卦辞を示します。

天水訟（訟は争訟、訴訟の意）

　卦辞：訟は、孚ありて塞（フサ）がる。惕（オソ）れて中すれば吉、終われば凶なり。大人を見るに利ろし。大川を渉るに利ろしからず。

天水訟

象辞：訟は上剛にして下険なり。険にして健なるは訟なり。訟は孚ありて塞がる、惕（オソ）れて中すれば吉とは、剛来たりて中を得ればなり。終われば凶とは、訟は成すべからざればなり。大人を見るによろしとは中正を尚（タット）ぶなり。大川を渉るによろしからずとは淵に入るべければなり。

象伝：天と水が違いゆくは訟なり。君子もって事を作すに始めを謀る。

　象辞には深入りすれば淵に入る危険性を云います。太白金星の助言を受け入れて、訴訟を取り下げたのは正解だったというわけです。

5、孫としての再統合の意味

　上記のような考察を経て、この地湧き夫人の段は孫の再生の意味があることが明らかになりました。これが取経の旅とどのような関係になるのか、もういちど文王の八卦図上で検討しましょう。

第 10 章 子と系の再会（第 80〜83 話）

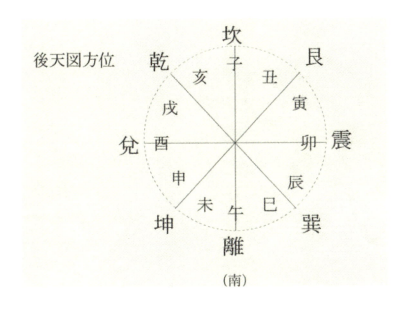

　縦の関係は 12 支では子と午であり、八卦では離（火）と坎（水）です。この物語は最初は石猴の誕生にありました。まさに子の誕生です。水簾洞で美猴王＝時間の極値の名を得、天界では斉天大聖＝空間の極値を得、それが孫＝男の子と女の子の名を構成しています。系は関係として、因果・縁起・共時・通時と時間の函数としての性格を示しました。午は午前・午後のように一番日が高い時間を表します。昔は五月が夏至でもありました。巳は既にと読み過去で字形からへびに当てられました。未は未来を表し音の美（ビ）から羊に当てられました。こうしてみると、午は現在を表し、共時的な時間が止まっている世界ないしは時間の極値を表すことになります。
　上の子は石猴：ものとしての最も小さい単位：を表していました

が、斉天大聖の名で点：空間の極値：を得、73話で金光を多目怪に譲り質量的なものから脱皮しました。ここでは空間の極値と時間の極値の合一が地湧夫人の求婚の意味に変わっているのです。

　それが水火既済の卦が指している意味であり、36話で悟空が三蔵法師に提示した西天への条件であるのです。すなわち、孫の完成は子と系の合一、時間と空間の合一が成ったとき、霊山から釈迦如来の救いの手が表れることを示しています。

　7話で須菩提祖師が暗示し、36話で悟空が西天への一理塚として示した水火既済は後天図方位図の孫の復元を示していたのです。

　西天へ至る道には時間と空間の統合が必要とされることを暗示しています。我々は時間の1次元と空間の3次元は互いに独立したものと考えてきていました。アインシュタインの相対性原理によって、時間と空間は一体、すなわち、時空4次元がこの世界の物理的実態であることが明らかにされました。しかし、フラクタルな構造体（次元が連続的であったことを思いおこしてください）が現にあることは3次元の構造体がもともと実体としてあったのかという疑念を生みます。宇宙誕生のビッグバン理論を裏付ける現象として宇宙背景放射の発見がありましたが、フラクタルな構造体はもともと次元は1つであった名残であるかもしれません。さらにそれを拡張すると時間と空間自体も一体で分岐して時空4次元になったとも考えることができます。

　現在、エネルギーは電磁気力・引力・強い力・弱い力と分かれて認識されていますが、もともとひとつであったものが、対称性のズレか

ら分かれたと考えられるようになっています。もっと根本的に時空そのものも、ひとつであったものが分れたとも考えられます。

　私達の意識はこの世界の物理的現実の写像から時空を4次元と考えていますが、つきつめると次元はひとつであり、物理的現実はゆがみが生じているとも考えられるのです。

　仏教の空や易の太極の概念の中にはそのような思想が含まれていて、西遊記はそれを懸命に語っているように思えます。法界・叡智の世界は意識がそこまで研ぎ澄まされた時、私達の眼前に現れるのかもしれません。

6、五角形と89の関係

　五角形は中に五角形があり、またその中にという入子構造(フラクタル)の性格を持っていますが、89というフィボナッチ数も中に連続的なフィボナッチ数を含む数ですから、似たような性格を持つ図形と数とも云えます。

　フィボナッチ数55と89の関係は次のようになります。

　$55 \div 89 = 0.618\cdots\cdots$　　　$89 \div 55 = 1.618\cdots\cdots$

　$0.618\cdots\cdots \times 1.618\cdots\cdots = 1.0$

　$0.618\cdots\cdots + 1.618\cdots\cdots = 2.2360\cdots\cdots$

　フィボナッチ数とは1.1から始まって2つの数を足しながら生成される数列ですが、黄金数に接近する数列です。この2つの数と1の比率($1.618\cdots\cdots : 1.0 : 0.618\cdots\cdots$)は黄金比と呼ばれ、$1.618\cdots\cdots$と

0.618……黄金数と呼ばれ Φ・φ・の記号を背負います。

そして、その黄金数は√5 を 0 以下の桁が全く同じ数になるように、2 つに割ってできた数でもあるのです。

黄金数が表れる幾何学模様を 2 つ示します。

ひとつは三角形 1：2：√5 の比を持つ三角形です。これは将棋の桂馬の動き方になり、囲碁では桂馬飛びと呼ばれる軽快な石の関係です。

もうひとつは五角形で、五芒星は人の形をしていますが、その肩のラインに現れます。

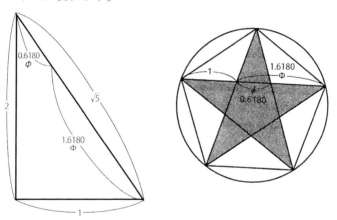

そこに現れている長さの関係を整理しておきます。

大きい五角形と小さい五角形の辺の比：1・618……：0.618……

肩のラインの全長と五角形 1 辺の比：2.618……：1.618……
＝1.618……：1.0＝1.0：0.618……

そして、1.618……の 2 乗＝2.618……

めまぐるしく、不思議な関係を持つ数です。もっとも美しい比率とも言われ、時に魔除けの数とも言われます。

日本将棋では五角形の駒は駒として馬を背負い、桂馬は馬として桂馬飛びを背負っているのです。囲碁も五・ゴと呼ばれ、麻雀も牌の種類は五種類（トランプは4種類です）と、いずれも五と関係しています。

西遊記の伍一門は日本で盛んなゲームに色濃く影を落としているのです。

第 11 章　易の構造（第 84〜92 話）

1、滅法国の段（84〜85 話）

　84 話は滅法国を欽法国へ変えるお話です。

　入口は観音菩薩が老婆に化けて警告を発するところから始まります。

　滅法国王が 1 万人の和尚を殺す願を掛けて 2 年、に 9996 人の和尚を殺し、今、三蔵一行 4 人、これで満願です。

　どう通り抜けるか思案のため、一行を郊外に残し、悟空は蛾に化けて情報収集です。"商人安全旅籠、王小二"と書かれた宿の看板を見つけ、"しめしめ、師匠は通れると決まった。"とつぶやきます。20 話で会った王氏を思い出したのでしょうか。

　人々が寝込んだすきに服や頭巾を盗み俗人になりすまして町を通過するつもりです。いろいろ困難はありましたが、無理矢理衣類を奪い一行のところに戻ります。俗人の衣服に替えて改めて町に入り、王小二の宿の斜め前、趙氏の後家が営む宿に泊まります。

　110 頭の馬を売る商人の触れ込み、景気のいい話を吹き込みます。最上の宿泊メニューを選びますが、料理も精進、お酒も少し、女性のサービスも要らない、女将はちょっと当てはずれです。和尚であることがばれないよう、大きな長持ちの中で泊まることにします。

　ここの宿の水くみや飯炊きは強盗の一味、景気のいい話を聞いて 20 人ほどの仲間を集めて、一行を襲う算段をします。鍵がかかり開

かないので長持ちごと運びます。悟空は西に運ぶことを期待していますが、一味は東に行き、守衛を殺して門外に出ます。官兵が追いかけると、一味は長持ちを捨ててちりじりに逃げてしまいました。

　司令官は残された馬（実は竜馬）に乗り長持ちを城内に持ち込み、日が開けたら奏上するつもりで見張りをつけて散会です。三蔵は気がきではなく、悟空にお小言です。

　夜になると悟空は長持ちを抜け出て、なんと左腕のにこ毛を全部抜き催眠虫に変えます。土地神を呼んで、催眠虫をばらまき、位階官職をもつもの総てを眠らせます。ついで金箍棒を1100本のカミソリに変えて、にこ毛の小悟空に持たせて、頭髪を刈るのです。王も皇后も緒大臣もみんな坊主にしようというわけです。

　めざめた国王、この有様を見て自分が和尚を殺めた報いであることを悟ります。実にものわかりの良い立派な国王であったのです。

　ここから回が変わり85話、朝のまつりごとの会です。群臣も皆坊主頭、わびる皆に国王は2度と和尚を殺さないことを誓うのでした。そこで司令官が長持ちを奏上します。長持ちの中にいる三蔵はもうびくびく、悟空は平気です。一行に会った国王、あわてて玉座から降りて4人を拝して丁重に扱います。三蔵からいきさつを聞いた国王、願を掛けたゆえんも話し、群臣共々仏教に帰依し、三蔵の弟子となることを願うのでした。大きな声でワハッハと笑う八戒、盛大な宴会があり、通行手形も無事おさめ、西への旅を続けるのでした。

　三蔵法師は国の名を滅法国から欽法国に改めるよう勧め、国王も心より礼を述べ城外まで見送るのでした。

2、観音菩薩の警告に悟空はどう答えたか

観音菩薩の警告に悟空は第9話・袁守誠に学んだ易を使って作戦を立てたようです。

まずは物見、旅籠で"王小二と趙後家"を得ます。これを"応象二喋五卦"と読みました。"象の二卦に応じ五卦が語る"との意です（上・下の八卦の各爻が対応関係にあり特に中央（2と5）は大切とされます）。旅籠ですから、まずは火山旅の卦です。象二（下から2番目の爻辞）は"旅して宿につきその資（カネ）をいだき童僕の貞を得たり"象五は"雉を得て一矢うしなう。終わりにもって譽命あり"。

悟空は王小二の宿に行ったとき、象二の卦から正応関係にある象五の卦を理解し、"幾ばくかの困難はあるが、これでこの地は通過できると"踏んだのです。

火山旅の卦を次に示しますが、山が火をかついだ象形で、卦辞には"旅には貞しければ吉"の卦です。

火山旅

作戦の第一は解（雷水解）の卦です。これは猪八戒の卦としました

が、課題解決の卦です。解卦六三に"負い且つ乗り、寇の至を致す"とあります。盗賊をそそのかして、長持ちを乗り物にこの町をでようと考えたのです。これは盗賊が東に行ってしまったので失敗。

雷水解

次の作戦は同人（天火同人）の卦です。この卦辞は"人に同じゅうするに野においてす。亨る。大川を渉るに利ろし。君の貞によろし。"とします。

天火同人

この六二は"人に同じうするに宗においてする"とありますので、皆坊主頭にして"宗において揃えた"ことにします。少数派の自分たちが俗人に化けるのではなく、王をはじめ周りを坊主にしたのです。九五です。"人に同じうするに先には泣き叫び、後には笑う。大師克

ちて相い遇う。"とあり、その解釈は"後には望みを達して笑うことができる。ただそのためには大軍をだし敵に勝って後に正応（六二の爻）に相遇うことができるのである。"とあります。

　まことに片手全体のにこ毛と金箍棒を動員して諸神を集め戦いました。三蔵は泣き最後に八戒が大笑いです。また、上九は"人に同じゅうするに郊においてす。悔いなし。"とありますので、その場面は話を改め85話になければならなかったのです。

　ちなみに、雷水解卦の九二と六五の爻卦は次のとおりです。

　九二："狩りに出て3匹の狐を得て、射て放った矢を取り戻すようなもの"

　六五："君子これ解くことあらば、吉なり。君子解くことありとは小人退くなり"

　国王は立派な君子で小人ではなかったので、成功したのです。

3、南山大王の段・鳳仙郡の段（85から87話）の概要

　さて、欣法国を出発して、高い山を見てびくつく三蔵。悟空"烏巣蟬師の密多心経をもうお忘れですか""いや、覚えているよ"と三蔵。"覚えているとおっしゃっても、そのほか四句の頌があるのは、お忘れですね。"と悟空。その頌を詠みます。

　　"仏のいます霊山遠し求むるな、
　　霊山はただ汝の心頭にぞあり、
　　人それぞれに霊山の塔あれば、
　　霊山の塔下に赴いて修行せよ。"

三蔵が"その頌によれば、千万の経典も心を修めれば、それで良いことになる。"と云うのに対して悟空は次のように云います。

　"言うまでもありません。心浄ければ孤明ひとり照らし、心存すれば万境すべて清らかと言います。ちょっとでも怠けますと千万年たっても功は成りません。ただ一片の至誠さえあれば、雷音寺はすぐ眼下にあります。……今はよけいな心配はしないでわたしについていらっしゃい。"聞いて三蔵心が晴れたと云いますから、悟空の理解も三蔵を超えたほどになったのでしょうか。

　風と霧がでてきて、妖魔を心配する三蔵。悟空は物見に出かけ、妖魔を発見します。三蔵の心配が当たっていたのです。ここで悟空は八戒をだまして先陣を努めさせようと考えます。きっと、解卦を持つ八戒に役を譲ろうとしたのです。八戒はだまされたと怒りますが、孫悟空のひそかな助けで妖魔に勝ち、三蔵のところに戻ります。

　妖魔は三蔵の清浄な肉を得たいと改めて作戦。獅駝洞生き残りの小妖が分辨梅花の計（3人の弟子を戦いでおびき出しそのすきに三蔵を奪う作戦）を提案し、それに乗って見事に三蔵を捕らえます。弟子達が諦めていなくなった後、三蔵を料理する予定です。

　三蔵の首が投げ出され、最初はにせものとすぐ見破りますが、2度目はだまされ、にせ首を埋葬します。3人は嘆き悲しみますが、諦めずに敵討ちに取りかかります。裏口から虫に化けて入った悟空、三蔵が生きていることを発見します。妖魔と小妖どもを催眠虫で眠らせ、三蔵法師と一緒に捕まっていた木樵を救います。

　この過程は"迷い"がテーマになっています。孫悟空も何に化けて

洞窟に入るか、三蔵を救うのが先か妖怪を撃つのが先か迷います。妖怪達も三蔵をどう料理するか迷います。この迷いは何でしょうか。

このお話も八卦と関係がありそうです。烏巣禅師のから頌から升を引き、九二の禴(ヤク：祭りの意)からその前澤地萃卦に至ります。この卦が良く合いそうです。以下に卦辞（卦辞・彖伝・象伝）と爻辞と象形を示します。

澤地萃（聚（アツ）まるの意）

卦辞：萃は亨る。王有廟に仮（イタ）る。大人を見るに利ろし。亨る。貞しきに利ろし。大牲を用いて吉なり。往くところあるに利ろし。

（彖伝）：萃は聚なり。順にしてもって説（ヨロコ）び、剛中にして応ず、故に聚まるなり。王有廟に仮（イタ）るとは孝亨（コウキョウ）を致すなり。大人を見るに利ろし、亨る、とは聚まるに正をもってするなり。大牲を用いて吉なり、往くとこあるに利ろし、とは天命に従うなり。その聚まるところ観て、天地万物の情見るべし。

（象伝）：沢の地に上るは萃なり。君子もって戎器を除（オサ）め、不虞を戒む。

澤地萃

爻辞

（初六）：孚あるも終わらず。すなわち乱れすなわち聚まる。もし号（サケベ）ば一握して笑いを為さん。恤（ウレ）うるなかれ、往けば咎なし。象に曰くすなわち乱れすなわち聚まる、とはその志乱るるなり。

219

(六二)：引けば吉にして咎なし。孚あればすなわち禴（ヤク：祭りの意）を用いるによろし。象に曰く、引けば吉にして咎なしとは、中いまだ変ぜざればなり。

(六三)：萃如たり、嗟如（なげきかなしむ様子）たり。利ろしきところなし。往けば咎なけれど少しく吝なり。象に曰く、往けば咎なしとは上巽（シタガ）えばなり。

(九四)：大吉にして咎なし。大吉にして咎なしとは、位当たらざればなり。

(九五)：萃めて位を有つ。咎なし。孚とせらるることあらざるも、元永貞なれば、悔亡ぶ。象に曰く、萃めて位を有つともいまだ光（オオイ）ならざるなり。

(上六)：齎咨（セイシ：なげき悲しむ様）涕洟（テイイ：目・鼻からの涙）す。咎なし。象に曰く齎咨（セイシ：なげき悲しむ様）涕洟（テイイ：目・鼻からの涙）すとは、いまだ上に安んぜざるなり。

初六に迷いが表れ、小妖は分辨梅花の計を提案する前に、おーんおーんと泣いてからはっははと笑いました。

　孝心・孝亨（コウキョウ）の厚い木樵。これは須菩提祖師に導いてくれた木樵でありましょう。木樵と力を合わせて洞窟をきれいさっぱり焼き尽くし、三蔵の身代わりの首塚を改めて埋葬し直しますが、これは禴（ヤク：祭りの意）でありましょう。

　その後、木樵のお母さんにも会い、お経を誦し平安を祈りかつてのお礼を済まして出発します。迷いを断って、もう西天は間近です。こ

の回は烏巣蟬士の頌の話を題材に澤地萃の卦をとおして一行の団結が進んでいることを表しています。この木樵との再開は一行が木の性を克服して団結に至る象徴であるのかもしれません。

　次の87話は鳳仙郡のお話、これはひでりで困っている国です。悟空は雨乞いを頼まれ、原因が太守（姓は上官）が犯した罪によることが判明します。太守は心を入れ替え仏教に帰依することを誓います。これにより甘雨に恵まれ、めでたしめでたし、上官を浄患あるいは坎とし、一行による功徳を積む一話です。

　何げない話ですが、この話にも八卦によって物語が語られます。龍と孫悟空の関係をお話ししましたが、その時の風天小畜の卦です。

　次に卦象および卦辞と爻辞を示します。

風天小畜（畜はとどむの意、一陰が5陽を引きとどめる卦象）

風天小畜

　卦辞：小畜は亨る。密雲あれど雨降らず、わが西郊よりす。

　（彖伝）：小畜は柔、位を得て上下これに応ずるを小畜と曰う。健に巽（シタガ）い剛中にして志行わる。すなわち亨るなり。密雲あれど雨降らずとは、往くを尚（タット）ぶなり。わが西郊よりすとは、施しいまだ行われざるなり。

　（象伝）：風天上を行は小畜なり。君子もって文徳をよくす。

　爻辞

　（初九）：復（カエ）ること道による。何ぞそれ咎あらん。吉なり。

象に曰く、復（カエ）ること道によるとは、その義吉なるなり。

（九二）：牽きて復る。吉なり。象に曰く牽きて復りて中に在り、またみずから失わざるなり。

（九三）：輿（クルマ）輻（トコシバリ）説（ト）く。夫妻反目す。象に曰く、夫妻反目すとは、室を正すこと能わざるなり。

（六四）：孚あり。血（イタミ）去り惕（オソレ）出づ。咎なし。象に曰く、孚あり、惕（オソレ）出づとは、上志を合わせればなり。

（九五）：孚ありて攣（レン）如たり。富その隣と以（トモ）にす。象に曰く独り孚ありて攣（レン）如たりとは、富めるとはせざるなり。

（上九）：既に雨降り既に処（オ）る。徳を尚（タットビ）て載（ミ）つ。婦は貞なれども厲（アヤウ）し。月望に幾（チカ）し。君子も征けば凶なり。象に曰く、既に雨降り既に処（オ）るとは、徳積むみて載（ミ）てるなり。君子も征けば凶なりとは、疑わしきところあればなり。

　3年前太守が妻とけんかして、お供え物を粗末にした咎から玉帝が3つの仕掛けをして雨を止めます。六四がその仕掛けに相当し、雨氣が止まります。悟空が天上で大活躍、それに応じて九二の太守も住民共々仏教に帰依し、善行が全土を蔽うようになります。

　六四の仕掛けが上に脱けて上九に至り、お寺を建設し、しばしここに滞在するというわけです。

4、九霊元聖獅子怪の段（88〜90 話）

　次の話の始まりは、最初に木の茂みから老人がでてきて、この国の案内です。天竺国の宗室にて玉華王に封ぜられた賢帝の国です。

　すっかり安心した一行、3 人の弟子は待客官で待ち、三蔵は王に会って通行手形を得ます。王と親しく会話し弟子も呼んで御斎を頂きます。弟子達に会った王様はその礼儀知らずにいささか不快感を持ち、王室に戻ります。その顔を見た 3 人の息子、弟子達を化け物ではないかと疑い退治に赴きます。戦い、弟子達の技に恐れ入った兄弟は教えを請います。まずは換骨脱胎の法で気をめぐらせ力をつけます。本物の 3 人の武器は扱いかねるので、少し軽めの武器を鍛冶屋に命じて造らせます。武器を製作中、預けた 3 つの武器・神器が光を放っていましたので、それを見つけた妖怪が盗み去ります。

　その妖怪は豹頭山虎口洞に住む黄獅という金色の毛を持つ獅子でした。黄獅は神器を得たのでそのお披露目のパーティーの準備をしています。

　市場への買い物は"刁鑽古怪と古怪刁鑽：トーサンコカイとコカイトーサン"という珍妙な名を持つ 2 人の小妖の役目、おじいさんの九霊元聖（これは 9 つの頭を持つ獅子ですが）へ招待状を持って行くのは"青顔赤毛"を持つ小妖です。

　この小妖達につけ込んで、悟空・八戒・悟浄が妖怪を襲い武器を回収し、黄獅を追い出し豹頭山虎口洞を焼いて清めます。王宮に戻った一行、逃げた妖怪を心配する王に逃げた黄獅はパーティーに招待し

ようとしていた九霊元聖と一緒に退治しようとしている旨を告げます。

　この九霊元聖は一行のことは先刻ご承知、やっかいな相手に出会ったと思いますが、可愛い孫の敵討ちを決心します。黄獅の他、6人の孫の獅子（猱獅：ドウシ・雪獅・狻猊：サンゲイ・白沢・伏狸・搏象）を集め王宮を襲います。最初の日は五分の戦い、八戒が捕らえられ、狻猊・白沢を捕虜にします。2日目、九聖元聖は黄獅に策を預け、孫達が戦っている間に三蔵と玉華王と息子3人を捕らえて居所・九曲盤桓洞に連れ帰る作戦です。

　この戦いは、黄獅は死んで他の4匹は捕虜。一方、九霊元聖の策は当たり、三蔵と玉華王および3人の息子は捕虜にされます。そこへ悟空と悟浄が戦いへ行きますが、九聖元聖は武器も持たずにでていき、2人をひと呑み捕虜にしてしまいます。

　老妖怪は孫の敵の罰として悟空をとげつきの柳の棍棒で叩きますが、悟空は平気。夜には縄を脱けて脱出します。九曲盤桓洞を出た悟空、土地神にあって九霊元聖の飼い主を知ります。それは東極妙巌宮の太乙救苦天尊が飼う九つの頭を持つ獅子であることが分かり、助けを求めて収服し、課題解決に至ります。7匹の獅子は皮をはいで肉を分け与えて皆に食べて貰うことにします。

　感謝する玉華王と王子3人、大宴会を催し謝恩の印としましたが、金銀は受け取らないので、代わりに3人のために新しい法衣を作りました。新たな法衣に包まれた一行は"獅子の化けものをめぐるもろもろの思いから脱し、証果をめざす本来の心を取り戻したのでし

た。"で終わります。

5、易による解題

　この回は玉華国に一行の技を伝授する功徳を施す物語ですが、後半は技を伝授する師が獅子を呼び出し妖怪退治のお話へと導かれます。

　黄獅の小妖は2種類3匹いますが、最初に会うのが市場に買い物に行く"刁鑽古怪と古怪刁鑽：トーサンコカイとコカイトーサン"。いかにも何かありそうな名前です。

　特に刁の字形が気になります。トという音の問題なら、他の字がありますが、字形に特徴があります。すると、它女の段の比卦の初六"ヒ"を思い起こします。タと詠み刁の逆さまの字形です。タ行の頭音・タと尾音・ト、字形は逆さま、它女は地に半身が埋まり、滂沱の涙、そこから、水地比の卦を導いていました。その上下逆の卦が地水師になります。

水地比

　もうひとりの小妖はその姿は大げさな詩によって語られています

が、要約すると"青顔赤毛"です。它女は悟空との関係を示すために、"火眼金瞳"を受けて"金鼻白毛"の名を持っていました。ここではそれを受けて"青顔赤毛"顔はガン（眼）で它女との関係を示しています。

まことにこの回は師の物語なのです。技を伝授する物語と小怪の名の合わせ技で、地水師の卦を表そうとしています。

地水師は三蔵法師の卦として示しましたが、ここでもういちど示します。爻卦にも注目ください。

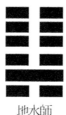
地水師

地水師（師は兵衆・軍隊の意）
　卦辞：師は貞なり。丈人なれば吉にして咎なし。
　（彖伝）：師は衆なり。貞は正なり。良く衆を以（ヒキイ）て正しければ、もって王たるべし。剛中にして応じ、険を行いて順なり。ここをもって天下を毒（クル）しめて、しかも民これに従う。吉にしてまた何の咎かあらん。
　（象伝）：象に曰く、地中に水あるは師なり。君子もって民を容れ衆を養う。

爻辞

(初六)：師は出づるに律をもってす。否（シカ）らざれば臧（ヨ）きも凶なり。

(九二)：師にありて中す。吉にして咎なし。王三たび命を賜う。象に曰く、師にありて中す、吉なりとは、天龍を承（ウ）くるなり。王三たび命を賜うとは万邦を懐（ナツ）くるなり。

(六三)：師あるいは尸（カバネ）を興（ノ）す。凶なり。象に曰く、師あるいは尸を興とは大いに功なきなり。

(六四)：師左（シリゾ）き次（ヤド）る咎なし。象に曰く、左き次る、咎なしとは、いまだ常を失わざればなり。

(六五)：田（カリ）して禽（エモノ）あり、言（コレ）を執るに利ろし。咎なし。長子師を師（ヒキ）ゆべし。弟子なれば尸を興す。貞なりとも凶なり。象に曰く、長子師を師ゆべし、とは中行なるをもってなり。弟子なれば尸を興とは使うこと当たらざればなり。

(上六)：大君命あり。国を開き家を承けしむ。小人は用うるなかれ。象に曰く、大君命ありとは、もって功を正すなり。小人用うるなかれとは、必ず邦を乱すなればなり。

どこの爻に悟空が相当するかという問題がありますが、九二が悟空です。長男・丈人をもって指揮官とすべきとなっています。六五の陰爻が三蔵法師、上六が玉華王としておきましょう。

初六は軍律・陽爻の力があまねく一行に行き渡ることが前提、これは鍛冶屋が武器を隠したのではないかとの疑いの中、王が法度が厳

しく行き渡っている国と述べ、疑いはないと述べるところがあります。軍律は整っているとのことでありましょう。

悟空は黄獅との戦い、九聖元聖が攻めてきたとき、王と息子達が捕らえられて王妃から救うように懇請されます。三度命を承けて戦います。長子悟空が猪八戒・沙悟浄を率いて戦い、7匹の獅子を獲物として獲ます。"田（カリ）して禽あり、言（トル）に利ろし"とありますので、皮と肉とを民に配り"とるによろし"ということでありましょう。

玉華王の息子達に術を授け、"国を開き家を承けしむ"功徳を積んだわけです。

さて、民に配られた獅子たちは何を意味しているのでしょうか。

黄獅は"まぐわパーティ"と云い、宝物はまぐわを中心に金箍棒と降妖杖が従として飾られています。猪八戒が中心だというわけです。すると黄獅が欲しかったのは生産技術としての武器であったと思われるのです。它女、夕の下の女が主題でしたが、今回は刁鑽、卜の下のサン・産が主題と考えたくなります。衆に与えた肉は広く衆に生産技術を伝えたのではないでしょうか。カリが田字になり、刈りにも通じることも気になり、トルが"言"字が当てられているところも深いものがあります。

獅子は知恵の仏、文殊菩薩の乗り物。荘子が説く渾沌の両翼から数・詞としました。その伝から云えば、九聖は4書5教と言うことになりましょう。それをおじいさんとして、もう少し実用的な生産技術、たとえば、黄獅は工師と読みたくなります。

さて、7匹の獅子は何を表すか。当て字の試論です。

黄獅：孔子、講師、工師、甲子（種の意）

猱獅：ドウシ：導資、

雪獅：設施、

狻猊サンゲイ：算計、

白沢：搏度（程度を計る）、

伏狸：伏理（潜在的な理）、

搏象：博商（商をあまねくする）、白象（表れている現象）というようなことです。

戦いの経緯をもう少しつぶさに見ると、悟空が柳の枝で、かなりしつこくお仕置きを受ける場面があります。その後3人の小妖は殺されます。它女の段との関係はここで切れると考えて良いでしょう。お仕置きが何を意味するか気になることですが……。

狻猊と白沢は八戒と捕虜として同値と置かれます。八戒を世俗の代表と考えれば、それに準じた位置を占める何者か、になります。黄獅・伏狸・搏象が同じ類で、黄獅は先に殺されます。ここに1・2・4（2＋2）の組み合わせができます。

ここに、伏羲方位図の太極・両義・四象と八卦の下部構造が表れます。太極図（次に易経の表紙から引いた図をしします）は孔子廟の天上を彩る図です。ここに黄獅→孔子廟→太極図が暗示されます。両義は伏理と白象、これは隠れた理と表れた現象とします。その上に導資・設施・搏度・算計が乗り、さらに八卦が載る図です。

易を生産技術と関係づけた教義としてこの国に残したと解しまし

た。

6、玄英洞の段（91 から 92 話）

　一行は玉華を離れ、平穏無事な旅を続けます。次の町もにぎやかな町、天竺国の外れ金平府、そこの慈雲院に寄ります。

　この町の民は大のお祭り好き、1月15日元宵節が終わるまで遊んで行くことを勧められ、しばし留まることになります。

　三蔵は塔を掃く願掛けをしていますので、それを行い御仏と眺望の素晴らしさを堪能します。その日が15日、城内の金灯を見物することになります。

　金灯橋には3つの金灯があり、そこには水瓶ほどの大きさがあり、2層の楼閣に見えるほど精巧なしろもの。高価な蘇合香油を使った灯り、その負担は旻天県の灯油長者がしていますが、5万両もの費用を3日で使い切るとのこと。夜には仏様が来て、灯油を空にして帰れば、

豊作になると伝えられています。風が吹いて怪しげな雰囲気、悟空は妖魔と見破りますが、御仏を拝みたい三蔵はがばっとひれ伏して拝みます。灯が消え三蔵も妖魔にさらわれます。

　妖魔探しの一行、開泰！と唱えながら3匹の羊を追う4人の男を見つけます。これは四値功曹であることを見破った悟空、どなりつけます。四値功曹、"3匹の羊は三陽を指し開泰（上3つの爻が陽）にぴったりだ"と云います。三蔵が慈雲院で歓楽にふけったので禅心にたるみが生じ"泰が極まって否を生じた"悪運を払うために唱えていたと云います。また、妖魔は青龍山玄英洞に住む3人の妖魔すなわち、避寒大王・避暑大王・避塵大王であると知らせます。

　妖魔とドンパチ、八戒と悟浄は捕まり、悟空だけは逃げることができます。天界に行き太白金星に会い、本性は犀の精であり四木禽星にお願いすれば収服できると、教えられます。玉帝にお願いし、角木蛟・斗木獬・奎木狼・井木犴の4星にお出まし頂き（奎木星は31話で罰を受けますが、復活したのでしょうか）、収服します。3匹とも殺し、角6本の内、4本は玉帝に献上し、1本は仏祖に、1本は府の役所の金庫に収めて油の徴収はしないとの証文に収めることとします。皮と肉は官民に与え、利用して貰うことにします。かくして灯油長者をはじめ金平府の知事・役員の歓待を受けるのでした。

　ここは灯油長者を救う話と共に、玉華国での歓待を受け、泰の卦が次の否卦に移り災難を受けます。最後の詩にある"油断大敵"によって、地天泰卦が天地否卦に代わり、災難を受けた話に見えます。

　前段の話が獅子から師卦に行き、妖怪の肉を領民に配る話で、易の

下部構造を示していたことを考え、もう少し深読みをしたいと考えます。ここでも妖怪の角と皮と肉を領民に配る話になっています。

犀が3匹、これは3才を表していましょう。すると角は爻を示し、3の2乗の八卦、さらに爻を6本と見れば、64卦となります。犀の皮はなめして防御用の兵器、肉は食用、これは前話と同じく易にまつわる利益をあまねく領民に学ばせる意でありましょう。ここでは前話とつないで1・2・4・8・64の易の構造を表していると考えます。

角の配る話も仏祖を天、府を地、玉帝を人とすれば理解することができます。

そして避がつく3匹の妖怪、すでに比卦があり、ここに四値功曹の否卦があります。ここにはヒは3人、卦の方は比卦と否卦の2つ、八卦を調べるともう一つヒ・賁の卦があることを発見します。それが山火賁の卦です（これは22番目の卦として一行の結団式でふれました）。次に象と卦辞を示します。

山火賁（文飾、飾るの意、火が山の下にあり草木を文飾する卦象による）

　卦辞：賁は亨る。少しく往くあるところに利ろし。　　山火賁

　（象伝）：賁は亨るとは、柔来たりて剛を文（カザ）る。故に亨るなり。剛を分かち上りて柔を文（カザ）る、故に少しく往くあるに利ろしきなり。剛柔交錯するは天文なり。文明にして止まるは人文なり。天文を観てもって時変を察し、人文を観てもって天下を化成す。

　（象伝）：山下に賁あるは賁なり。君子もって庶政をを明らかにし、

あえて獄を折（サダ）むることなし。

　こう考えると、正月15日の観灯祭りは霊山の下の火・かざると云う意味になります。悟空の出発点が五行山の下の蠱であったことを考えると、まさに終着駅近くの感慨を催す卦です。また、天文・人文をもって天下を化成するは君子の理想となりましょう。

　ここでは否・比・賁の3つの卦が避の3妖魔、否を開泰とし否を泰と置き換えるといずれも縁起の良い卦になります。多分この卦を天下に敷衍するのが肉を配る意味でありましょう。

7、木性の復活

　ここで4木星が出場して、3人の妖怪ヒ卦を退治します。4木星は28宿の奎・斗・角・井ですが、4木禽星として音で金を通し獣の名を抱えます。

　奎星は奎木狼として31話黄袍怪の段で、罰を受けて太上老李君のかまたきとされましたが、ここで復活です。その時は奎から火澤睽が導かれ、"そむき違う"の意を持つ卦として黄袍怪の段を物語りました。

　この取経の旅の一行は木性の扱いに苦労しています。もともと三蔵法師がつけたあざな行・戒・和から猪悟能が陰である戒に廻り、水とともに木を配当されますが、なかなか陽の性格が脱けません。また、悟空の卦"巽"も木性を持つ卦であるので、競合するような関係にもあります。36話で悟浄も"火と木が仲良く"が問題だと指摘し

ています。

　64話荊棘嶺の段では三蔵法師が木の精の挑戦を受けますが、終わりに八戒がまぐわで木々をめちゃくちゃに倒します。その時に赤い血がでますが、赤い血は炊（八戒の卦）の性であり、八戒が自己の木性を克服していると解釈しました。

　また、比丘国の段79話では妖怪の住処の幹が9つに裂けた柳の木がありますが、それを八戒が掘り起こして倒しまぐわで突きまくります。エーンエーンという泣き声と共に真っ赤な血があふれ出ます。柳の音がリュウ、ここから龍・木、として木の根本の精を重ねて強調したと解しました。チームの木の性を抑えることによって、チームワークが形成され、澤地萃卦に至ったと考えてきました。

　ところが、90話で棘のついた柳の木で悟空は永いお仕置きを受けます。悟空の木性を刺激しているとも取れるところです。そしてここで4木禽星の登場となります。チームの木性が復活して3ヒを収服、3ヒ（比・否→泰・賁）をあまねく領民に施すという画が思いおこされましょう。4木禽星は音から色々な卦が表れます。

　角木蛟：カク→澤火革、コウ→雷風恆、天風后、

　斗木獬：カイ→雷水解、（澤天夬のカイはクァイと音が少し違うので外しました）

　奎木狼：ケイ→火澤睽、

　井木犴：セイ→水風井、カン→風地観、風水渙、澤山咸

　なぜ、3ヒが4木禽星に負けるのかは分かりませんが、3ヒ卦は否

を泰と置換すればいずれも完成形のめでたい卦でいずれも30番までの上卦に属します。4木禽星の9卦は観のみが上卦、残り8卦は下卦（31〜64番まで）、何かここにもある物語があるのかもしれません。

また、4木禽星は太白金星が仲介の労を取りますが、太白金星は物語の中で色々な場面で登場、悟空を助けます。木と金・禽を併せた名にも何かゆえんがありそうですが……。

いずれにしても、木性を押さえて団結を得たチームは木性を復活して一回り大きなチームになったことを表しているようです。

第 12 章　悟空の講教（第 93～97 話）

1、天竺国にせ公主の段（93～96 話）

　いよいよ霊鷲山間近の平穏無事な旅のように見えます。三蔵が霊山までどのくらいあるかわからないと心配します。悟空は"心経をお忘れになったのですか"と聞きます。三蔵"衣鉢のようなもので毎日唱えているから忘れる訳はない"。更に悟空"でも禅師の講義を受けたことはありませんよね。"三蔵は怒り"わたしが理解していないとでもいうのか、おまえは解っているとでもいうのか。"悟空"解っていますとも！"と言ったきり無言の行です。弟子のくせしてと騒ぎ立てる八戒と悟浄、ここで三蔵が"くだらないことを言うな、悟空は無言の講教をしているのだよ、これがまことの講教なのだよ"と言います。この回は悟空のまことの無言の講経なのです。

　まずは概要をたどりましょう。

　最初に行き着くところは布金禅寺、三蔵は舎衛国の近くに来たことを知ります。給孤独（ギッコドク）長者がみ仏に講経して頂くためにびっしり黄金を敷き詰めたという由緒あるお寺です。立派な僧侶に出会いお寺の由緒やら一行の旅の様子など会話します。その中で山に百足がでるので、旅人は一番鶏を待って出発することも聞きます。

　夜、三蔵と悟空が散歩していると先の僧侶に呼ばれ、月明かりの下でお話しします。その時すすり泣く女性の声に気づきます。その僧侶

の言、天竺国の公主の娘を狂女のふりをしてかくまっているとのこと。今の公主は妖怪が化けたにせものであるらしいことが明かされます。

さて、一番鶏と共に出発しようとする一行、三蔵と悟空は僧侶に公主の救出を念押しされます。通行手形に玉璽をもらう段取りとなり王宮へ行きますが、丁度にせ公主が婿を決めるのに鞠を投げて選ぶ時と重なります。

このにせ公主、実は月に住んでいたウサギの妖怪ですが、三蔵法師がここに来るのを知り、三蔵法師の父母と同じ方法で三蔵法師と結婚することを狙っていたのです。投げた鞠は狙い通り三蔵の袖に転がり込み、みるみるうちに三蔵は結婚式へと導かれます。しぶる三蔵、悟空は妖怪を退治する機会として三蔵結婚の道を進めます。

さて、結婚式の前日通行手形を貰い、3人の弟子は出発、三蔵は結婚して残ることになります。心配する三蔵、悟空の手を離しません。駅探まで行った3人、悟空は身代わりをおいて蜂になって王宮に戻り、三蔵の頭にとまります。そこににせ公主が現れますが、妖怪と見破った悟空、式を壊し、金箍棒を持って打ちかかります。妖怪は服も飾りも投げ捨てて応戦、武器は餅搗きの杵です。

さすがに金箍棒が勝ち、追い詰めて殺そうとするところに太陰星君が助命に飛び出します。本物の公主誕生とにせ公主に代わるいきさつをあかし、悟空は矛を収めます。

太陰星君には王宮まで行って証言して貰うことにします。話を聞いた国王、総てを了解して、本物の公主を助け再会を悦びます。

百足山に1000匹の雄鶏を配する提案をして、多くの旅人を安心させ、めでたく一行は旅を続けるのでした。

2、うさぎ求婚のアナロジー

にせ公主は月に住むうさぎの妖怪ということがわかり、太陰星君に収服されますが、月の精の求婚について検討しておきましょう。求婚については三蔵の清浄な精液を獲得する表の理由とは別にもうひとつのアナロジーを持っています。

西梁女国の女王とはキリスト教、盤糸洞では道教との一如を表し、地湧き夫人の段では子と系の再会、孫への合体、これは時間と空間はひとつのものとすることを指すと解釈しました。ここでもういちど文王八卦図にもどり、うさぎ求婚の意味合いを検討しましょう。

すでに、天の西と東に太陽と月が同居する図を第7章3項で酉と烏の置換の図として示しました。与謝蕪村が後代に示した俳句で、西天の太陽と東天の月が同時に天にある図です。西天の霊山間近の三蔵を太陽とし月の精の結婚はこの情景を暗示しているようです。

　月と日の間は火～土の陰陽五行に当たりますが、土は地球の位置で外周の土と重ねて土としたものですから、ちょうど中央にあります。この中央の土の上に悟空と八戒が居ますから、36話で悟浄が話した、"土に任せて2人が仲良く"の構図が現れます。また、西の卦は兌・澤の卦ですから、長江となり、東の月と情景も合います。

　このウサギの精の三蔵との結婚願望は悟浄が36話で語った、三蔵法師が蒙を開く構図を表しているのです。

　そこでは酉・烏は有の字で結ばれ、熊・烏・酉と繋がり、対面の卯とウ音で結ばれる関係にあると話しました。また、酉は知恵の動物樹上の申と地上の戌を結ぶ情報の象徴、卯は引力と斥力すなわちエネルギーが持つ性格"エントロピーの不可逆性"を象徴するとお話ししました。この2つの象徴性は単位として対数で表される点で共通しているのです。

　ここでエントロピーとビットと八卦の関係について調べて置きましょう。ビットと易は深い関係にあります。次に伏羲八卦次序図を示します。太極から1・2・4・8と展開していきます。これが2を基数とした指数関数でべきとも言われます。その逆の収束する方が対数で、指数関数の逆数になります。

第 12 章　悟空の講教（第 93～97 話）

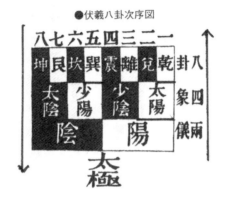

　ビットは神への質問の回数と言われます。今 8 枚のカードが並べられています。この中に神のことばが書かれているとして、何回の質問で神のことばに到着できるか、が情報の単位・ビットです。まずは 2 つに分けて右か左かと聞きます。次いで正しい方の 4 枚のカードを 2 枚ずつに分けて、右か左かを聞きます。そして最後に 2 枚の内の右か左かを聞きます。すると否応なく 1 枚の神のことばに到着するのです。

　8 枚のカードを特定するための神への質問の回数がビットですから易で云えば爻の数です。カードが 64 枚の場合、爻は 6 本になりますから情報量は 6 ビットと言うわけです。

　エントロピーとの関係ですが、孫悟空がお釈迦様と賭けをしたとき、べき乗数として香車・桂馬・銀将の組み合わせを取り上げました。これが場合の数と言われるもので、3 つの要素の関係を全部取り上げると 2 の 3 乗＝8 つになります。そこで生まれた 8 つの要素を取り

241

上げてその関係を調べると 2 の 8 乗 256 個になります。これがベキと呼ばれる数理ですが、これを易の爻に置き換えて計算する方法が対数です。これは 16 世紀末にネイピア（1550～1617）等によって発見され、対数表や計算尺として実用化されました。この計算の面白いところは、指数を掛け算に、掛け算を足し算するところにあります。この関数の発見はケプラー（1571～1630）の星の運動の計算を支えます。

　八卦から 64 卦は 2 の 3 乗から 2 の 6 乗への増加、あるいは 8×8 の増加ですが、爻の数で見ると 3×2 あるいは 3＋3 になっていることに気づきましょう。

　この酉と卯はこの非対称性の数理で結ばれているのです。"行きはよいよい帰りは怖い"とわらべ歌で歌われる数理です。

　これを八卦に直すと雷澤帰妹に当たります。卦辞と象を示しておきましょう。山水蒙と同じように、自分から動かず招きを待つ卦象です。これもまた、見方によればあのわらべ歌を思い起こす卦です。

雷澤帰妹（帰妹とは妹を帰（トツ）がせるの意、兌の少女が震の長男に嫁ぐ象）

　卦辞：往けば凶なり。よろしきところなし。

　（象伝）：帰妹は天地の大義なり。天地交わらざれば万物興らず。帰妹は、人の終始なり。説（ヨロコビ）てもって動く、帰（トツ）ぐところのものは妹なり。往けば凶なりとは、位当たらざればなり。利しきところなし、とは柔剛に乗ればなり。

雷澤帰妹

(象伝)：沢上に雷あるは帰妹なり。君子もって終わりを永くし、やぶるるを知る。

3、銅台府の段（97〜98話）物語の概要

　ここの場所は銅台府地霊県、寇家です。そこに1万人の修行僧に斎をする願を掛け、すでに9996人が終わり、一行で満願成就になる寇員外がいます。一行はお世話になり、満願の法事にも参加して出発します。その時、引き留める内儀や息子を押して出発します。ここに少しの恨みを残します。

　そのすぐ後、寇家は泥棒一味に襲われ何もかも持って行かれ、止めようとした主人の寇員外は殺されます。西に向かう一行に追いついた泥棒一味、一行にも襲いかかりますが、孫悟空の"定身の法"で金縛りに遭い、縄でしばられます。寇家の財宝が奪われた事に気づき、まとめて返しに行きます。一味を殺そうとは思いますが、三蔵が嫌がると思い（盗賊を2度殺しますが、その度に破門を受けています）悟空は一味を解放、ちりぢりに逃げていきます。証拠は盗品のみが残り、それが災難の元となります。

　さて、寇家では恨みを残していた内儀が息子と語らい一行を泥棒一味と見たてて、訴状を書き、知事に訴えます。盗品を返しに向かっていた一行は冤罪をかぶり一網打尽、取り調べを受けて、三蔵が拷問に会う危機一髪。悟空が身代わりに調べを受けている最中、知事に都から陳少保という来客があり（少を升と置き直すと陳関保、陳一升金姉弟になり、お礼に来たのでしょうか）、翌日まで獄につながれ、ひ

243

どい目に遭うことは逃れて一段落。

さて、夜になり、孫悟空はアブに化けて脱出、得意の作戦に掛かります。まずは寇家に向かい、早朝起きて仕事をしている近所の豆腐屋で情報を入手します。

寇員外は豆腐屋の幼なじみ、中流家庭であった寇家は嫁を貰い運が向き、現在のような分限者になったとのこと。嫁は張旺の娘で幼名は穿針児、解説によるとあげまんのことを旺女といい、穿針児は針仕事の他に手引きするという意味もあるとのこと、名前からこの物語が示唆されています。

20才で家を継ぎ、40才で願を掛け、64才で満願となっていますが、20番目の卦は風地観、これは22話一行の結団式の段で表れた卦でした。地の上を風が吹く、強い運勢を示唆する卦です。40番目が雷水解、これは八戒の卦、難を克服する卦です。

そして64は火水未済、最後の卦で次は初めの乾卦に戻ります。これは孫悟空が述べたもうひとつのキーになる卦、水火既済の上下を逆にした卦です。69話では小水に煤を練って作った薬を王が龍のつばを水に呑みます。この時、水と火が逆転し火水未済になり、そのまかげの卦として残っています。

針で思い出すのは73話、毘藍婆が金光を破るのに使った刺繍針を思い起こします。金光を悟空とみれば、ここでは一刺し、金光を抜いて脱胎する図とも取れます。もうひとつは如意金棒、自由自在、しばしば縫い針にもなります。寇員外が一皮むけて如意金棒を得たと取れます。

さて、孫悟空はその足で寇家に行き、員外の声で内儀と息子2人に訴状を下げることをせまります。びっくり仰天、銭を焼いて訴状を取り下げる約束をします。
　今度は知事のところです。知事はおじさんを尊敬し毎朝その肖像を拝しています。姓は姜、おじさんの名は乾一、本人は坤三。
　ここでもおじさんの肖像になりすまし、冤罪を説きます。さらに役所に行き役人を脅し、冤罪をはらすことを約束させます。
　姜の名字は伝説の王神農が育ったとされる姜水に通じます。神農は包義氏を継ぐ伝説の王で周易繋辞下伝には風雷益の卦から農具を想い、火雷噬嗑(ゼイゴウ)卦から市場を作ったとされます。民生を盛んにし、法を司る、知事にはふさわしい卦を表す名字です。
　おじさんの乾の上に本人の坤が乗りますから、ここは地天泰卦を表します。寇のあざな大寛、タイカンを泰完と読みましょう。祭賽国の段（62話・63話）で坎離既済から地天泰に変わりましたが、その後は天地否と入れ替わり立ち替わり両卦が現れていました。ここに一行の地天泰が確立し、チームとしての熟成と天地交わり万物通じる状態ができたことを意味しています。
　無事無罪放免になった悟空、幽冥界へ觔斗雲を飛ばします。地蔵王菩薩に会い、いきさつを詳しく話して回生放免を得ます。寿命を12年延ばして貰い、天国の寇員外に息を吹きかけ氣に化けさせます。その氣を袖に俗界に戻り、霊魂を死骸に押し込みめでたく蘇生します。寇員外は改めて真相を話し、再び僧侶に斎を施す札を掲げるのでした。

12年先は地天泰から天地否卦になります。そこまで一巡、命をつなぐことになるのです。

4、寇員外は何者？

寇員外は40才で願を掛けます。それは40番目の卦、雷水解に相当すると述べました。願を掛けて今日は64才、24話に遡ると、天竺国にせ公主が3話、玄英洞が2話……このようにして24話戻ると40〜42話の紅孩児にたどり着きます。

そう考えて40話を読むと、紅孩児のはじめはうまうまと一行の中にもぐり込み、孫悟空におぶわれて進みます。ちょうど雷水解卦の爻辞六三"負い且つ乗り寇の至るを致す"に相当します。

この爻辞は周易繋辞上伝に孔子のことばとして取り上げられています。

次の通り云います。雷水解の六三の爻辞に「負い且つ乗り寇の至るを致す」とあるのは寇・盗みというものが自らの心がけでこれを招くものだと云い、次のような事例をあげています。

①荷物を負うような身分の低い者が身分の高い者が乗るべき乗り物に乗れば分不相応であるから盗賊もこれを奪おうと考える。
②ひとつの国において君主が傲慢で臣下が横暴を働くようであれば、野心家がその国を奪おうと考える。
③もののしまい方が怠慢であれば盗みを教唆するようなものである。
④なまめかしい化粧は淫らな気持ちを教唆するようなものである。

まさに64卦完走の時、この寇に会った"寇員外"です。

この話全体は噬嗑(ゼイゴウ) 卦であるとしました。中に紅孩児の炎にやられた悟空が谷川で体を冷やそうとし、死にかける場面があります。この場面では、沢火革と考え悟空と八戒の和解と考えました。98話からこのエピソードを読むと、孫悟空は雷公と呼ばれ、水につかって雷水解に相当すると考えることもできます。

　また、雷水解は八戒の卦ではないかともしました。紅孩児には亥が含まれ、牛魔王一族は戒の役割を外から応援している一族ともしてきました。この40話に員外は願を掛けたのです。

　考えて見れば、寇家が盗賊に襲われたのも、派手な満願の法事が招き、一行が冤罪の憂き目に遭ったのも、妻女と息子の恨みを残したことと、盗賊を解放したことに原因があることですから、雷水解の六三の示したとおりだと云うことになります。

　寇員外は姓からして雷水解に願をかけ、満願の最後を飾る災難にあっているのです。

　寇員外の員外は正規の官ではないという意味で、民間にも許された官とされています。これは牛魔王の特処子を思い起こします。牛魔王は三蔵法師一行の仲間内には入らず、外から支えてくれていました。こう考えると、寇は猴、員外の猴＝孫と考えたくなります。内儀は張、張は色々なところで悟空を助けます。第11話で大法会を開くことを決めた張道源と張子衡、悟空が破門された第14回では龍王のところで張良の故事を語る画幅、71話皇后の貞操を守る張紫陽、などです。このように張氏はいろいろな形で一行を支えています。するとここに長孫氏(第一の功臣長孫無忌と長孫皇后)が現れてきます。

特に 21 話では太白金星が別名李長庚となっていますが、庚（カノエ・コウ）を猴・孫と読めば、李長孫皇后を表します。太白金星が終始孫悟空の守り星の役割を果たしてきたことも思いおこしておきましょう。

　息子の名は梁と棟、これは建物を指すと共に、棟・唐・太宗と梁・武帝にもつながります。梁武帝は唯識の経典の訳出をし、囲碁の法制に尽力した皇帝であることを思いおこしておきましょう。

　長孫皇后の幼名は観音婢とあります。まことに立派な皇后であったとのこと、観音の生まれ変わりに譬えられるほどの事跡を残しています。観音寺が再建され、長孫皇后が観音の使いとして迎える構図が現れます。17 話で焼失した観音寺の再建が"華光"築・竹院で暗示されているのかもしれません。

5、頌を遡れば

　三蔵法師は怒りながらも悟空の無言の講教をまことの講義としました。それは 85 話にある三蔵と悟空の会話を受けているものと思われます。その場面を再現します。

　"烏巣蝉師の密多心経をもうお忘れですか""いや、覚えているよ"と三蔵。"覚えているとおっしゃっても、そのほか四句の頌ががあるのは、お忘れですね。"と悟空。その頌を詠みます。

　"仏のいます霊山遠し求むるな、
　霊山はただ汝の心頭にぞあり、
　人それぞれに霊山の塔あれば、

霊山の塔下に赴いて修行せよ。"

　三蔵法師の旅は唯識の本義を求めての旅だとされています。14話で6根の認識機関を封鎖して意識の奥への旅を続けますが、その意識の奥の奥には中国で育まれてきた老荘・儒教・易だけではなく、キリスト教とも通じる汎宗教的な教義が仏教に在り、それが般若心経に集約されていることを物語っているようです。

　この時は頌から升卦に行き、その九二の爻から禴（ヤク）を通して澤地萃の卦に至りました。この時既に無言の講教は始まっていたのかもしれません。

　その回からの間は易の構造が中心に物語は進んでいるように見えます。

　まずは孫の名として示した右の図からスタートします。これは碁盤上の石に相当しますが、石が子、関係・罫線が系、として孫の名を示しているとしました。

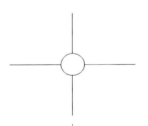

　この長いものと丸い物はゲームには一般的に象徴として扱われ、アルカナの農民・騎士と聖職者・商人、麻雀の索子と筒子、野球のバットとボール、サッカーのボールと足のようにです。これは易の原図（河図・洛書）には縄と結び目として表れます。

　そしてまた、この図は東洋では五を表し、無・巫・互・午・と音を通じて神との交流を表すともしてきました。

見ようによっては、中央に三蔵法師周辺に龍馬も含めた 4 人の弟子が配置され、中央に集まる、まさに澤地萃の卦を表すとも云えましょう。

　36 話一行が今後の作戦を語る静かな夜ですが、その時は体を表すとされる伏羲八卦次序図を基に議論されました。ここでは用を表すとされる文王八卦次序図に置き換えて、次のような操作を加え下のような図を得ます。

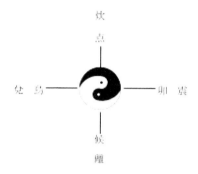

　一番外に八卦、内に 12 支を置き、太極図を中央にはめます。

　12 支は物語の経緯を折り込み、次のような置換を行いました。

（1）上は斉天大聖から点とし、金光（質量）を抜いたところから、子を空間を表す点とします。

（2）下の午は美候王を微候として、時間を表す候とします。

（3）左の酉を"有"から酉・ユウを烏・ウに置き換え情報と太陽の象徴とします。

（4）右の卵はエントロピーと月の象徴とします。

　ここに表れるのは縦線が、水火既済の卦、横線が雷澤帰妹の卦です。水火既済の卦は卦自体が西天への一里塚とされましたが、物語では 63 話で泰卦に変わり、否卦と行き来しながら、97 話で完結した形になっています。一方では 69 話で王の病を治すのに龍のおしっこと煤を混ぜて、龍のくしゃみとつばを混ぜて呑ますくだりがあり、これは水火既済から火水未済への置換を示し、古稀 70 への準備としました。こちらはそのまま、いわばかげの卦として放置され、97 話で寇員外の満願として 64 卦完走の証とされています。

　一方、雷澤帰妹の卦は沙悟浄の主張として、"木と火が土の上で仲良くすれば、長江の上に月がかかる形で西天へ"として卦の名はあがりませんが、"蒙を開かれる"という形で山水蒙の卦から雷澤帰妹の卦へと一方通行、求めていけば凶、の性質を暗示しています。

　縦のラインは、80 話地湧き夫人の段で孫の分離と統合が語られます。これは現在我々が認識している空間の 3 次元はもともとは 1 次元であり、フラクタルな構造があることはその名残ではないかとしました。もともと時間と空間は互いに独立であると考えられていたものが相対性原理で時空は相互依存し合う時空 4 次元と修正されました。さらに深めれば、時空自体が平らな 1 次元であると考えることもできます。

　一方横のラインは情報とエネルギーの単位、ビットとエントロピーが共に乗数を掛け算に掛け算を足し算にする非対称の数理を持ちますが、それが今章のうさぎの精の求婚の意味だと考えました。同じ

数理・非対称の数理・は根本にあるものであり、これが物理的な現実の多様化を演出しているのではないかとする思想です。

中央にはその集約が太極図として表現されると考えますが、88話から90話に戻り、もういちど改めて考えて見ましょう。

話では黄獅と6匹の獅子、九霊元聖の孫達が、1・2・4に分かれるところから、易の下部構造を表し、91話92話の犀の角が8卦64卦を表し、併せて易の構造を表していると考えました。そこから黄獅→孔子廟→太極図として易の根本・太極図に至りました。その上で、太極図の中の氣に白象と伏理を当て、表れる形と潜み支えている理としました。その2つが両義になります。

白象をプレーンな一次元の構造、伏理を非対称の数理・複理と置くことにしましょう。

私達は時空4次元が物理的な構造、対数は便利な計算方法としか思っていませんが、世界はもっとシンプルな時空一次元の構造であり、それを非対称の数理が動かし、それがこの世界の多様性を演出していると考えることができます。

その1なるものは堅い殻に閉じられた"甲子"あるいは"爻址(爻の根拠)"とも呼ばれるものでありましょう。雷水解卦の象伝に云う"百果草木みな甲坼す。"を経て両義が生まれ、四象・8卦・64卦と進んで行きます。

2の0乗＝1、2の1乗＝両義、2の2乗＝四象、2の3乗＝八卦、2の6乗＝64卦となりますので、0・1・2・3・6が爻の本数になります。

この物語では太極（空・0 なるもの即 1 なるもの）、それがそのまま表れた両義、八卦・64 卦までは姿が見えますが、四象を説明するのに苦労しているようです。

4 匹の獅子として、猱獅ドウシ、雪獅、狻貌サンゲイ、白沢、何かことばとして表そうとしているようですが、解読が難しくなかなかぴったりしません。

3 ヒ大王と 4 木檎星の中に多くの卦が含まれていますが、卦からはなかなか導き出せません。

もうひとつあるのが 4 木禽・金星を持ち出して、澤・震に置き換えた下の図です。世界の 4 元素：木・水・金・火が土の上で廻り 5 行の運動法則を示します。易の 4 象に五行の思想を埋め込み、易の構造を説明しようとしているように見えます。

4 木とは甲は立木の姿をしており、甲・キノエは始まりとされます。雷水解卦に見る甲坼こそ始まりであり、4 元（木・火・金・水）も総て木の変成物と見る見方もありましょう。

4木檎によって木から金が生まれ、木生火と金生水とによって4元が揃います。これが四象というわけです。

　3ヒ魔王を退治するについて、天界に玉帝を訪ねた悟空、太白金星から4木檎星を推挙されます。4木禽星は自分の中にも多くの卦を抱えていました。四象は八卦の基であり、親でありますから、3ヒ魔王を退治できるわけです。

　八戒が雷水解で甲坼を司れば大きな意味では"木母"でありますが、なかなかそこまでの自覚には時間が掛かったと云うことでありましょう。火と金の性である悟空を水の性である八戒が支え木の性（巽）が甲坼する、ここに至る"木母"の葛藤がこの物語の大きな柱になっているのです。

　悟空の無言の講教とは八戒への感謝の言葉であるかもしれません。

第 13 章　大団円（第 98～100 話）

1、凌雲の渡

　金頂大仙の出迎えを受けて、いよいよ最後の行程です。道案内をお願いし、霊山を間近に見えるところでお別れです。悟空が先頭で登りますが、一筋の川にぶつかります。それが凌雲の渡、橋がありますがボロ橋、悟空だけは渡って見せますが、八戒も三蔵も渡ろうとしません。そこに救いの舟、底はありませんが、とにかく三蔵を無理矢理乗せて出発です。そこに上流から死体がひとつ。これは三蔵の死体とのこと。凡胎の骨肉より脱した証として、皆悦びます。大雄宝殿にたどり着き、如来はじめ諸仏に会います。

　如来は阿難と迦葉を呼び、35 部 15144 巻からなるお経を授けるように指示します。阿難と迦葉はお経を選択・整えて手渡しますが、何と袖の下を要求するのです。何にも用意していないとの言にゲラゲラ笑いなかなか渡しません。悟空はしびれを切らして、如来のところで話をつけようと啖呵を切ります。しぶしぶ渡したのは無字経でした。それに気づいた燃灯古仏、無字の教を奪いもういちど有字の教を取りに来るように手配します。

　無字経であることに気づいた一行、如来にお目通りして抗議です。如来が云うには"進物をねだったこと知らぬではないが、教は軽々に与えるものではない。子孫が使う金銭にも事欠くようになる。手ぶらで来たので無字経を与えたが、無字教も価値があるものだ"。改めて

有字教を渡すように指示します。三蔵も太宗から頂いた紫金の鉢盂を手渡すのでした。阿難と迦葉は如来の前で 35 部 5048 巻の詳細を述べ、三蔵も恩を謝し右遶の礼をもって感謝の意を示すのでした。

　観音菩薩はお経の数が 5048、旅の日数が 5040（14 年×360 日）、日程の数合わせに、あと 8 日旅の日数を伸ばすよう長安に行って戻る行程を入れるように如来に提案します。如来は八大金剛を呼び命じます。

　残った観音菩薩は旅を守ってきた五方掲諦、四値功曹、6 甲 6 丁、護経伽藍を集め、旅の総括を行い役目を解除します。与えた 81 の難を点検しもう一難不足していることを発見、八大金剛にもう一難与えるように伝えます。

　それを受けて通天河、あの陳家荘の近くに落とされ、河を渡るときお世話になった老亀に再会し、通天河を渡ります。亀に約束を聞かれた三蔵、あの澤水困卦の場で心に浮かんだ"狭き門より入れ"の声、上の空で聞いていたので返事もできず、あわれ河の中に落とされお経もずぶ濡れになりました。

　これで一難追加、陳家荘の皆さんにも再会、大王廟は壊して、一行の姿を祭った救生寺を建立し一行の恩を忘れないようにしているとのことでした。

　長安に行き、太宗に会い旅を報告、懇ろに歓迎を受けるのでした。あっというまの 8 日、八大金剛が一行を乗せ西天に帰ります。如来から改めて新しい職を受けました。

　三蔵法師→栴檀功徳仏

孫悟空→闘戦勝仏
　猪悟能→浄檀使者
　沙悟浄→金身羅漢
　白馬→八部天龍馬

　孫悟空と猪八戒の名は物語から読み取れますが、沙悟浄はちょっと不思議な名。これにてめでたく、百話完走であります。

2、寇員外の生涯が意味すること

　全体が終わったところでもういちど、寇員外の段に戻り、生涯を振り返ってみましょう。ここに旅の集約が表れているようです。

　20才で結婚し昇運を得ます。40才で願を掛け、64才で満願。すぐに盗賊に殺され、孫悟空の活躍で生き返り12年の延命を得ます。64才になって殺されたと見ると、火水未済で一旦亡くなり、12年の延命を得て地天泰卦から、否卦に至り76歳で生涯を全うすることになります。ここまで、泰卦と否卦とゆれながら来ましたが、最後に寇員外のあざなとして"泰完"が示されます。ここに、風地観→雷水解→地天泰の一行の卦相が現れます。

　20番目の風地観の卦は第20話で61才の王氏がいて、黄風怪の警告をすると共に、危険があったら戻るようにとアドバイスを受けました。虎先鋒の先に居た黄風怪は霊吉菩薩に収服されますが、虎ではなくネズミ・子（石猴）の化け物と知って当てが外れました、三昧風を吹かせる魔物は悟空の縁者でもあったのです。お陰で"火眼金瞳"は涙目からなんでもはっきり見える情報センサーへ変身です。

22話で一行は沙悟浄を得て、一同が揃います。沙悟浄は"和"として和尚のあざなを貰いますが、その根拠は7番目の卦・地水師卦が三蔵法師を表し、その上卦と下卦を入れ替えた8番目の卦・水地比卦から"和"を導いたとしました。この7・8・22から円周率3.14が暗示され、22番目の卦である山火賁・山のふもとに灯りがみえる卦相とともに、めでたい結団式を示しているとしました。

　流砂河の段は見かけは61番目の卦・澤の上に風（黄風怪）が乗る・風澤中孚に見えますが、実は流沙河は砂漠であり、20番目の卦・土の上に風（巽・悟空）が乗る風地観を示し、20話から手の込んだ作話によって形成された新チームの構造を表しているとしました。

　寇員外の結婚はこの結団式を指し、正に天を目指す昇運の旅を表し上記の解釈を裏付けていると考えます。

　さて、40才で願を掛けますが、この雷水解の卦は八戒が持つ卦象ではないかとしてきました。猪悟能・陽の性格と合わない戒・蔭の役割は孫悟空が空から陽・行者に変わって押し出された結果、いわば被害者として役割を押しつけられたとする解釈の修正です。伍一門の八戒、すなわち5×8＝40として雷水解の卦が与えられたとの修正です。すぐに解散を提案することや障害が表れるとまぐわをもって突進する役割はまさにこの卦によって与えられた役割なのです。この卦には平坦の地に難を避けるのと速く難を解決するという2面性があったことも記憶しておきましょう。

　40才で願を掛けたのは40話近辺、紅孩児・聖嬰大王の段に相当するところから願を掛け、一行の無事を祈ってきたものと解釈されま

第 13 章　大団円（第 98～100 話）

す。さすれば、ここは一行のチームの卦相が40話で風地観卦から雷水解卦に変化したと考えた方が良さそうです。いわば、臨戦態勢へのチームの再編成です。

　雷水解卦の互卦を見ると、下のように水火既済の卦になります。水火既済を中間目標として定めましたが、雷水解卦の中に含まれていて、目標である地天泰卦のつなぎの役割を果たしたのです。

　そのように考えて、紅孩児の段の入口40回を読むと、紅孩児はおぶさるのに悟空を指名します。悟空に負われて進むうちにだんだん重みを増します。

　この悟空の背中の紅孩児は"亥"猪悟能が孩字に含まれています。ひとつには聖嬰大聖（悟空を嬰児と見てそれを制すると読み）として戒の役割を示すともしましたが、猪悟能は雷水解卦とすれば水・猪悟能の上の雷・悟空がひっくり返されて、悟空の上に猪悟能が乗る象になります。この卦は乾坤の卦の後・3番目の卦で、生まれ出ずる難を受ける卦・水雷屯の卦になります。この屯難を解する旅の出発とも取れます。

　さらにもうひとつ考えられるのは雷水解の六三の爻辞"負い且つ

乗り、寇の至を致す"を紅孩児が行ったとも考えられます。

　いずれにしても、この紅孩児の段から雷水解のチーム編成による旅が始まったと解します。

　すなわち、下のようなチームの変化です。

　23 話〜31 話：風地観卦の旅

　32 話〜40 話：チームの再編成と中間目標の設定

　40 話〜61 話：雷水解卦の旅

3、風地観と弟子達の役割

　風地観の卦は上 2 つの爻（天地人の天に位置し、三蔵法師と観音菩薩を代表とする守り神を表します）が陽・剛・強い卦です。下の 4 本は陰で、八卦の組み合わせからは地上に吹く風を表します。

　龍馬を含めて 4 人の弟子がいると考えると、よく合う卦象です。弟子達は仰ぎ観、三蔵法師と観音菩薩はあまねく弟子達の教化に努める卦象です。

　大変、チームに合うめでたい卦のように見えますが、この卦の互卦は 23 番目の卦山地剝になっているのです。この卦の中に山地剝の卦が含まれ、なおかつ結団式からの出発 23 話が山地剝卦なのです。そう考えると、出発は女犯を代表とする欲心のテストです。八戒を代表させてまずは欲心を剝ぐところから始まります。

　次の人参果の段は人参果を 28 個から 13 個に減らす話であり、人参果の木を枯らす話です。

　黄袍界の段では三蔵法師の取経の旅断念の危機でしたが、それは

死の恐怖からくる平穏な生活へ逃れる危機です。孫悟空は美猴王に戻って水簾洞の生活を楽しむ誘惑であり、三蔵法師は黄色い虎になって王宮に住む誘惑です。世俗の栄達への誘惑を剥ぐ話です。

こう考えると、22話の結団式の一行の活動は剥・浄の活動、いわば沙悟浄の浄で旅する物語です。

ここで雷水解の卦にチームの編成が変わったとして、3章で示した風地観の卦と比較検討しましょう。

風地観

■□が役どころとそれが陰爻か陽爻かを表します。

		悟空	八戒	悟浄	龍馬	三蔵
上九陽：その生を観る	外野	順				不順
九五陽：我が生を観る	三蔵		順		順	□中正
六四陰：国の光を観る	龍馬	不順		不順	■正	順
六三陰：我生観て進退す	悟空	■不正	不順		不順	
六二陰：窺い観る	八戒	不順	■中正	不順		順
初六陰：童観す	悟浄		不順	■不正	不順	

■□の横は位に対して正か不正か（猪八戒は偶数二の位で陰ですから正、他は不正）。

特に5と2の位は正であれば中正とします、中でも5の位が最重要です。

上卦・下卦の爻の対応関係、爻が陰・陽か陽・陰なら順、陽陽・陰

蔭なら不順。

隣どうしも同様に見ます (猪八戒は蔭、孫悟空も沙悟浄も蔭ゆえ両方不順)。

雷水解

		悟空	八戒	悟浄	龍馬	三蔵
上六蔭：隼を射る	外野	不順				不順
六五蔭：君子解けば吉	三蔵		順		順	■不正
九四陽：而の拇を解く	龍馬	順		順	□不正	順
六三蔭：負い克つ乗る	悟空	■不正	順		順	
九二陽：田し3狐を得る	八戒	順	□不正	順		順
初六蔭：剛柔の際咎なし	悟浄		順	■不正	順	

　三蔵法師は依然として正位を得ていませんが、弟子達の4人は順の関係で結ばれ、チームとして団結しています。大いなる改善が見られることでありましょう。

　三蔵法師と対応関係にあるのは八戒、猪八戒は陽爻に変わっていますが、平坦な方位へ難を避ける行動が、問題解決の先鋒としてまぐわをもって突進するようになります。

　孫悟空の対応関係にある上六が蔭となり、孫悟空の六三と蔭・蔭の不順の関係に変わっています。これは孫悟空は難敵を撃つ役割が与えられることを意味していると解します。"負い克つ乗る"が得意技になりますが、これは象辞に云われるように慢心の危険性を表して

いましょう。

　沙悟浄は風水比の卦としましたが、この卦では正応関係にある初六と四六が蔭・蔭の不順の関係にあります。いわば風地観卦の"童観"を脱けることができません。

　36話以降、沙悟浄は三蔵法師によりそい"場の力"に変身したと見ることができました。そう考えて探すと猪八戒の卦が5×8＝40番目の卦として雷水解の卦が発見されましたので、それに倣い沙悟浄を9とすれば5×9＝45番目の卦に澤地萃卦を発見します。これは集めるとする卦で正に場にぴったりです。

　第4章の最後、風地観卦の旅の最後に火澤睽に出会います。龍馬が八戒の眠りを覚まし、悟空を迎えに水廉洞に行くように説得する回ですが、その入口初九に馬を失うがやがては戻るので、追う必要はない、との爻辞があります。

　ここで"喪馬"はルールを見失い、チームが解体される意味と考えました。龍馬は自らその復活に活躍することになりますが、それは八戒を通してと解釈しました。しかし、ここから振り返ると、31話に見られる悟浄の場としての自覚は"喪馬"の復活によるとも読めそうです。

　九四の爻辞は"而（ナンジ）の拇（オヤユビ）を解く"とありますが、これは初六と関係を断てば新たな支援関係が生まれる意とのこと、九四龍馬から沙悟浄は古い自分から脱皮して澤地萃卦をまとうように要請されていると解することができます。悟浄は童観・喪馬を乗り越え"剛柔の際畓なし"を得、初六と九四の関係も順の関係にな

ります。

4、再び、62話へ

　上記のようなチーム編成と物語の流れを見ると、沙悟浄→猪八戒ときていますので、62話以降には孫悟空の卦・風雷益の卦に変わる段があっても良いように思います。そのように考えて62話を読むと、第8章で考えたものの修正が必要であることに気づきます。

　2代の僧侶が絶え、龍王と息子が殺されることをもって、水火既済の陽爻2つが下に廻り地天泰卦に変わることを意味するとしました。しかし、水火既済は上から蔭・陽・蔭・陽・陰・陽の爻です。老龍王の夫人老婆は残るにしても、陰爻もつれて廻ることになりますから、地天泰の卦に変わるには少し無理があることに気づきます。すると、この回はチームが雷水解から孫悟空の卦・風雷益に変わったと考えた方が良いようです。

　風雷益の卦では確かに上の2本の陽爻が下に廻れば地天泰の卦に変わります。このような視点で物語を読み直すと、62話に以下のような話があります。

　国王が孫悟空を迎えに近衛兵を出す場面です。王様は大きな轎（カゴ）と黄色い車蓋を揃えます。そこに迎えに出た悟浄と八戒、轎にふんぞり返っている悟空を見つけます。その時八戒、"兄者よ元の身分に戻ったな"といいます。これは明らかに雷水解の卦で悟空に相当する六三の爻辞・"負い且つ乗る寇の至るを致す"を指していますから、ここは雷水解卦を越えた段になっていると考えることができます。

61話からは800里離れた金光寺、金光は孫悟空が石猴として生まれた時に玉帝をビックリさせた光です。

ここで、チームは孫悟空の卦・風雷益に変わり、2つの陽爻が下に廻り地天泰卦に変わり、寺も伏龍寺に名前を変えるのです。風雷益卦を見ておきましょう。

風雷益

		悟空	八戒	悟浄	龍馬	三蔵
上九陽：恵心ナシ、凶	外野	順				不順
九五陽：誠・恵心あり	三蔵		順		順	□中正
六四陰：己を損し下を益す	龍馬	不順		順	■正	順
六三陰：凶事の試練を克服	悟空	■不正	不順		不順	
六二陰：永貞、帝に亨す	八戒	不順	■中正	順		順
初九陽：元吉、咎なし	悟浄		順	□正	順	

この図を見ると、三蔵法師と猪八戒の中央のラインは中正と言われる最も強い線で結ばれ、三蔵法師を中心にチームの絆が強くなっています。

孫悟空が環境の悪い中、奮闘している構成となっています。まさに孫悟空は自分を損してチームを益する構図ともいえそうです。

この卦の互卦は上九が陽、他は陰の山地剥となりますが、総てを捨てて"空"になり、チームを支える意味が含まれることも意味していましょう。

62話は2代の僧が亡くなり、老龍王と息子が殺される物語であるところから、地天泰への転換の回としましたが、なるほど10階で息が切れる三蔵法師を考えると第10回は老龍斬首の回であり、よく符合します。

　物語の中では水火既済の卦から直接と考えていましたが、ここでは改めてチームとしては雷水解→風雷益→地天泰へと移っていく図が見えてきます。

　地天泰卦と天地否卦を同じように見ておきましょう。

地天泰

		悟空	八戒	悟浄	龍馬	三蔵
上六陰：要謹慎警戒	外野	順				不順
六五陰：帝乙帰妹、願中行	三蔵		順		順	■不正
六四陰：翩翩不富、以其隣	龍馬	順		順	■正	不順
九三陽：艱みて貞、食福	悟空	□正	不順		不順	
九二陽：包荒尚中行、光大	八戒	不順	□不正	不順		順
初九陽：茅を抜く如く征吉	悟浄		不順	□正	順	

天地否

		悟空	八戒	悟浄	龍馬	三蔵
上九陽：傾否、先否後喜	外野	順				不順
九五陽：休否、大人吉	三蔵		順		順	□中正
九四陽：命あれば咎なし	龍馬	順		順	□不正	不順
六三蔭：包羞、位不當也	悟空	■不正	不順		不順	
六二蔭：包承、小人吉	八戒	不順	■中正	順		順
初六蔭：茅を抜く如、貞吉	悟浄		不順	■不正	順	

　こうして比較してみると、天地否の方が中正の卦であり、地天泰の卦はチームとしては戦いには必ずしも適していないように思われます。62話で地天泰卦に変わりましたが、天地否との間でゆれながら、最後の寇員外のあざな"完泰"をもって霊収山に入ると見るのでしょうか。

　地天泰は戦うチームの卦に合わない構成になっていることと、62話以降の一行の卦が地天泰とすると長すぎるのも気に掛かるところです。もう少し丹念に調べておきましょう。

5、改めて"泰完"の意味を考える

　雷水解の卦から地天泰に変わった62話にもういちど戻りましょう。

　62話では最初に会う妖怪が奔波児灞・灞波児奔（ホンハジハ・ハハジホン）という珍妙な名を持つなまずと黒魚の精です。これを本波

と次波と読みましょう。老龍と息子は殺しますが、婿と娘は逃します。本波は地天泰に変わりますが、次波は婿と娘として逃れ99の難は継続されます。

　そう考えると、64話の荊棘の段は木剋土のお話で、癸（ミズノト）から甲（キノエ）として再出発の話です。八戒の浄として章を立てましたが、木の性や金光を剥ぐ物語となっています。風雷益の卦はチームとしてみれば、三蔵法師と八戒が中正で結ばれ、孫悟空は陰で支えチームを益する卦相です。また、この卦の互卦は山地剥ですから、沙悟浄の卦風地観卦と同じ互卦になります。本話では23話から剥ぐ物語でしたが、ここでは風雷益卦として、剥ぐ話で出発です。

　この物語の中で印象深い話があります。悟空が王様の病気を治す薬を調合するのに龍馬の小便を使います。しぶる龍馬に3人が揃って懇請、一滴の小便を絞り出します。この風雷益の龍馬の爻辞は"己を損して下を益す"ですからまさにこの回は風雷益の旅であることを示します。

　龍馬は黄袍怪の段とここだけでしゃべりますが、この旅と易との関係を示す重要な回になっているのです。

　そして、獅駝洞3魔王の段、この話は全体としては雷水解の卦で物語られていますが、三蔵法師が妖怪に送られて、まさに"負い且つ乗り、寇至を致す"時に"泰極否還生"となります。多分この時にチームの卦は天地否卦に変わったと見ます。

　そして、91話玄英洞の段で四値功曹が"3羊開泰"と唱えますが、これは否卦の上3本の陽爻が下に廻ることが始まるの意と解釈しま

す。
　このように、話全体の中から地天泰卦を読むと、地天泰卦への変身はある状況に入る、囲碁で云えば、局面を指しているように見ることができます。
　10話：老龍斬首→太宗幽冥界への旅、三蔵法師意識界への旅
　62話：金光寺から伏龍寺へ→末那識から阿頼耶識へ
　98話：三陽開泰から泰完へ→阿頼耶識から法界へ
　上にある陽爻（老陽）が下へ回転する本数も1・2・3と数を踏み、悟空の名に見られた極値を踏まえ、扉を開き天界へ向かう姿を示します。
　以上をまとめると次のようにチーム編成が変わったことになります。
　10話〜22話：末那識の旅へ準備……老龍斬首により地天泰へ
　23話〜31話：風地観卦の旅
　32話〜40話：チームの再編成と中間目標の設定
　40話〜61話：雷水解卦の旅
　62話：末那識から阿頼耶識へ……金光寺から伏龍寺への改名により地天泰へ
　62話〜77話：風雷益の旅
　78話〜98話：天地否の旅……完泰に至り法界へ
　92話から98はまではゆっくりと天地否が地天泰に変わりますので、天地否から風雷益と山地損へと移り変わっているはずです。
　天地否の旅の内容を見ておきましょう。

沙悟浄はごっそり茅を抜いてとの爻辞ですが、澤地萃卦に変わったと見ればよく合います。八戒は三蔵法師との間は中正のラインで結ばれ、よく従う・小人なれば吉という卦です。孫悟空にある"包羞"は位に相応しくない出世をして羞じる意とのこと。

　69話で大と小が入れ替わる作戦で三蔵と悟空が入れ替わりますが、12章で立てた"悟空の講経"では悟空は三蔵を越え、三蔵に説教するありさまです。爻辞"包羞、位不當也"によく合います。

　雷水解では弟子3人の仲は良かったのですが、風雷益と天地否の卦では不順の関係に戻っています。76回ではさんざん八戒をいたぶるところにも表れます。ただ、一方では盛んに"生糸も一本じゃ糸は撚れない、片方だけじゃ手も鳴らせない"とのことばがあり協業へ繋いでいます。3人が離反しやすい卦相の中、懸命に合い言葉を唱えているように見えます。

　風雷益と雷風損の悟空の爻辞（下から3番目の爻辞・六三）も見ておきましょう。

　風雷益は"凶事の試練に耐えてことを行えば咎はない"との爻辞です。にせ公主の段、三蔵を守って奮闘、最後に殺そうとしますが、太陰星君に救われます。

　雷風損は"3人行けばすなわち損ひとり、ひとり行けば、すなわち友を得る"との爻辞です。寇員外の段、一同そろって御斎を頂き、それが凶事を招きますが、あとは一同が獄舎にいる間悟空がひとりで大活躍、知事の中に神農と地天泰の卦相に会い、寇員外の息子の中に唐と梁（唐の太宗と梁の武帝）に会い、寇員外の妻に太白金星・李長

庚に会い、さらには観音婢・長孫皇后にも会うのです。ここに風雷損をへて地天泰卦を得て法界に入る物語が語られていると見ます。

　三陽開泰から風雷益・雷風損を経て地天泰への卦相が現れています。

6、再び陳家荘へ

　81 難を得るために、長安への途中陳家荘に立ち寄ることになりました。ここは三蔵法師の実家であり、そこにいる嬰児 2 人は"孫"悟空ということでありましょう。旅の中位点に当たる場所です。

　ちょうど、霊感大王の生贄の当番に当たるところに一行は出会い、2 人を救います。2 人の名は 7 才の男の子は陳関保 8 才の女の子は陳一升金です。その時は関を感と読み澤山咸の卦とし、女の子は地風升の卦に相当するとして、霊感大王の手順前後から、澤水困の卦を乗り越えて旅を続ける物語を導きました。

　あれから 7 年、霊感廟は廃され一行の姿が祭られた救生寺が建立されています。2 人は稚児のまま叩頭するのでした。

　97 話で 20 才で結婚した寇員外は昇運をつかむことが語られます。ここでは関保の関は咸から観へ置換され、救生寺を求升と読み替え、風地観から一升金（地風升）へ変更されたと見ます。もういちど、22 話に立ち返り、風地観卦に立ち長安経由で霊山へと登ります。

　ここは 8 日の追加された旅行ですが、この地までの往復が 1 日、ここから出発して長安経由で戻るまでが 7 日とすれば、ここにも不思議な数字のマジックが隠されているのです。

14年の旅：14年×360日＝5040日

7日の旅：7！（7×6×5×4×3×2×1）＝5040

7日の旅と云えば、地雷復の卦があります。"朋来たりて咎なし、その道を反復し、7日にて来復す。"とあります。次にその卦象を示しますが、雷公・孫悟空が地・沙悟浄を担ぐ形です。

地雷復

22話では、三蔵法師の卦が7番目の地水師、沙悟浄がその卦の上卦と下卦を入れ替えた8番目の卦・水地比ではないかとしました。そこには

14年の旅＋8日の旅＝22

22÷7＝3.14

という不思議な数の関係がありました。

ここには結団式で得たチームの風地観卦が現れ、その上卦と下卦を入れ替えた地風升の卦へと繋がるのです。地風升卦は孫悟空（巽・風）が沙悟浄（坤・地）を担ぐ象形になっています。

沙悟浄は浄・山地剥→水地比→澤地萃と変身を続けます。本文では一升金は猪八戒と重ねましたが、この追加の章では沙悟浄に代わっているのです。かくして、沙悟浄は最後には観世音菩薩に見守られ、孫悟空に乗って霊山へ登り金身羅漢になります。

これは36話で語られた"蒙を開く"一行の変身を沙悟浄が体現しているということでありましょう。この西遊記は坤卦・地から乾卦・天へ昇る物語であります。

こうして、振り返って見ると西遊記は一局の囲碁にたとえられる物語のように見えます。

　22話〜31話：風地観の旅→布石

　32話〜40話：構想を練る。

　40話〜61話：雷水解の旅→中盤の戦い

　62話〜77話：風雷益の旅→戦いから大ヨセへ

　77話〜98話：天地否の旅から地天泰へ→ヨセから終局へ

　99〜100話：地雷復の旅→整地と勘定・勝敗の判定

　こうしてみると、一局の碁は地を拡張する戦いに見えますが、剥ぐや否の卦相がベースにあるように見えます。互いに制限し合いながら折り合いをつけるゲームであるのかもしれません。

第 14 章　共時的な世界

1、欄柯の歌が意味すること

　囲碁の別名を欄柯（ランガ・腐った斧の柄）と言いますが、西遊記では欄柯の歌を歌う木樵に導かれて須菩提祖師のところに入門します。その木樵には 86 話で再会することになります。また、魏徴が太宗と碁盤を囲んでいる最中に、老龍の処刑をしますが、それは午の刻、そこに欄柯経が語られます。

　この欄柯経の内容は碁経 13 編（北宋時代の張擬作と言われ、玄玄碁経等に引かれた）のうちの合戦偏第四をそのまま引いたものであり、ここでは欄柯を碁の別名と云いたかったのかもしれません。

　欄柯の物語を以下記しておきます。（囲碁の民話学：大室幹雄より）

　"梁の時代任昉の偏とされる「述異記」巻上の次の故事を読まれたい。

　信安郡に石室山がある。晋の時代に、王質が木を伐りにやってきた。数人の童子が歌いながら碁を打っているのを見て、質は歌を聴いて見物した。童子が棗（ナツメ）の核みたいなものをくれたから、質が口に含むと餓えを覚えなかったのである。しばらくして童子がいうことに「どうしていかないの？」質が立ち上がって斧を視ると、柄（柯）がぼろぼろに腐（欄）れつくしていた。山から里に帰ってみれば、すでに時人なし。"

　これは日本の浦島伝説の竜宮城と同じような話です。竜宮城や山

奥に時間がゆっくり流れる世界があることを寓話を通じて示していることでありましょう。

　西遊記は三蔵法師にも孫悟空にも嬰児・童子の陰がちらつき、棗の実が随所に表れます。棗は漢方薬の材料でもありますので、何か命に関わる象徴と読みましたが、この寓話からは碁石が棗の実（核）を擬しているのかと思わせるものがあります。

　この時間がゆっくり流れる世界は西遊記では"天の1日は地上の1年"と述べられているように天界がその世界に当たるとされています。地上の旅の14年の物語の中にも、普通の時間では計れないような事例が含まれています。木樵との再会もそのひとつですが、他にもいくつかありそうです。抜き出してみましょう。

　一番目につくのは追加の8日の旅で、陳家荘を再訪しますが、救生寺が建立され大王廟は壊され風景は変わっていますが、陳関保・一升金の姉妹はそのまま年をとらずに稚児のままのようです。97話では一行が取り調べを受け刑罰を受けようとしているところで、都から陳少保が訪れ一行が助かるところがありますが、陳昇保と読めば関保・一升金であり、姉・弟を指しているとも読めます。

　それ以外では次のようなところはどうでしょうか。
(1) 牛魔王は特処子として第13話で三蔵法師の供を食べますが、14年の間に羅刹女と結婚して紅孩児を産んだようにも見えます。
(2) 横風怪はねずみの妖怪として地湧き夫人と繋がっていますが、霊吉菩薩を通して羅刹女とも繋がります。14年の間に横風怪は地湧夫人となり、さらに羅刹女に年齢を重ねているのでしょう

か。

(3) 須菩提祖師が孫悟空に雷・火・風の３つの災難を受けるとの予告をしますが、それは３つともこの 14 年の旅の中で受けているようにも見えます。(500 年おきに３つと云われていますが)

　この西遊記は 14 話で６根に当たる盗賊を殺して、座禅の世界を旅しています。私達の意識の奥・無意識の世界を旅しているわけですが、それは時に夢として表層に表れるとされます。
　この西遊記が無意識の旅、時間が"流れていない"世界の旅であるとすれば、それこそ時空を越えて異なった時代と空間で起こることが、関係づけられて同じ場で表れます。
　これが夢を越えて現実界でしばしば現れる"意味ある偶然の出会い"です。これはユング心理学を日本に紹介した河合隼雄先生の言葉ですが、それを"共時性"と呼びます。
　私達の現実は時と共に刻々と変化していますので、今の一瞬の止まったときに何が起こっているのか考えることができません。しかし、ゲームでは時間が流れる時現れる変化・手と止まったときの状態・局面に分かれています。
　私達は通常手の善し悪ししか見ませんが、局面に何が起こっているのか深く考えた人々がいます。それを少し見ておきましょう。
　ヨーロッパにはチェスしかありませんでしたから、ここはチェスと同じ種類のゲームである将棋の局面を示します。そこに何が見えるのでしょうか。

2、無意識の探求：フロイト・アドラー・ユングの心理学

　精神的な悩みによって体や行動にに変調を来す病が意識の奥にある本人も気がつかない無意識の葛藤にあると気づいたのはそう古いことではありません。19世紀末にフロイトが主催する精神分析学会に集う7人のメンバーが端緒となりました。

　その中にはアドラーも草創期のメンバーとして居ましたが、フロイトと分かれて個人心理学を唱えます。ユングはスイスにいて独自に無意識の働きに気づき、フロイトの活動を知りウィーンまで訪問し劇的な形で会います。極めて親密にともに歩み、師と弟子・後継者のような位置づけがされます。（これがアドラーが分かれた動機のひ

とつにもなったようです）

　しかし、やがてフロイトが客観科学（自他分離、あるいは因果的な認識論）の立場に強いこだわりを持っていることに違和感を感じ、大きな葛藤と共についに分かれる時を迎えます。

　3人は共に無意識の働きを発見しますが、その解釈の仕方の違いから3つの心理学の源流が生まれます。

　フロイト：精神分析学
　アドラー：個人心理学
　ユング：分析心理学

　非常に乱暴に3つの説を上記の将棋の局面から説明しておきましょう。

　いずれの説も意識の奥に無意識の層があり、そこにある葛藤が潜在的な力として身体や精神に異常を起こすとする点では共通しています。

　将棋の局面で云うと、今歩をついて戦いが始まろうとしています。次の一手が手詰まりで手がでない状態を無意識の働きによる葛藤と見ます。

　歩を突くまでに戦型を形成する過程がありますが、その中に原因を見て回復する手だてが見つからずに滞留していると見るのがフロイト、先に王様を詰ます手順が見いだせずに滞留するのがアドラーとも云えます。

　ユングはその局面を新たな創造的な機会と捉え、新手を生む苦し

みによる滞留と見ます。今までの実力から一皮むけた手を発見する葛藤です。ユングは無意識の底には全人類に共通する普遍的な無意識があり、ある人生行路には自我が自己に目覚める時があるとします。外延的に拡張する志向を持つ自我が本来の自己に引かれて内面に向く、その転換点に出会う葛藤に病理を見る見方とも云えます。

　その回復過程に表れる夢の中に老賢人・アニマアニムス・大母と呼ばれるような象徴的な象がよく現れるとします。西遊記の中には両性具有的な観音菩薩を始め、李大老君、牛魔王一族など妖魔あるいは支援者として現れますが、それに似ています。彼らは三蔵法師の自己脱皮の旅を助けます。西遊記の取経の旅とはユング流に云えば、自我と自己の統合の過程とも云えそうです。

3、ソシュールの言語学から

　フェルディナン・ソシュール（1857〜1913）はスイスの名門の家庭に生まれ、18歳にしてその論文が認められ、ドイツ・フランスで活躍した早熟の天才言語学者です。

　30代の後半に一切の論文が書けないような状態になり"謎の沈黙"と呼ばれる時代を迎えます。スイスに帰り、大学の要請でいやいや3年間"一般言語学講義"を行いました。そのすぐ後55歳の若さで亡くなりますので、彼の到達点はその講義を弟子達がまとめたテキスト"一般言語学講義"しか残っていません。

　その講義の中で、チェスを題材に共時態の言語を説明します。ソシュールは当時の言語の研究・音韻を中心とする言語変化の研究・を通

時的研究と呼び、それに偏りすぎていると批判しました。言語には通時態と共時態があり、まずは共時態を押さえた上で通時態の研究をしなければならないとし、共時態の研究を一般言語学として講義したのです。これは言語の本質：意味を伝える機能：がどのような仕組みで成り立っているのかについては一応の結論を得ていたと考えることができます。

共時態はチェスの局面に現れるとされます。その時、駒はその機能を失いチェスというシステムの中で駒の関係だけで成り立つ、その関係は恣意的で慣習的なものに過ぎないとしました。これはことばはそのひとつひとつの単語が特定の意味を持ち、全体を構成する関係（時計のような構造）を否定します。

これは上記のような将棋の局面ではおのおのの駒が機能を持っていますから、その機能によって局面が構成されているように見えますので、なかなか真意が伝わりません。次に囲碁の局面を示しますが、ここでは石はただあるだけで機能はなく関係だけがあります。ソシュールが囲碁を知っていればもう少しわかりやすく話せたのかもしれません。

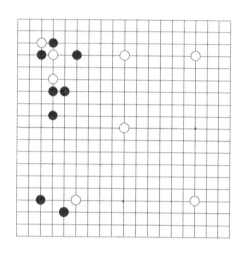

　局面を再現しようと思うとき、手順は考える必要がありません。共時態とは手順に拘束されずに関係だけでそこにあると考えれば、囲碁の局面の方が分かりやすいと思いますが、いかがでしょうか。

　後になりますが、遺稿が大量に発見され、彼が神話やアナグラムの研究をしていたことが明らかになりました。ソシュールは共時的言語学（意味を伝える形態）に一応の結論を得た上で、機能がない恣意的な関係だけの言語がなぜ規則的な変化をするのか、それに思い悩んでいたのです。

　ソシュールは言語が規則的な変化をすることは知っていました。18歳で論壇にデビューしますが、それは音韻論による言語の規則的な変化の発見であったからです。

　ゲームで云えば、局面から新手が生まれ、それが定石になる過程を思い悩んでいたのです。

4、そしてサイバネティックスの登場

　ノーバート・ウィナーはアメリカの数学者ですが、戦後、医者・心理学者等と議論を重ね、制御と通信の仕組みを研究しました。人の意識の中にあるフィードバックの機構に気づき、それをサイバネティックスと名付けました。サイバネティックスとはギリシャ語で船の操舵盤を指しますから、ゲームで云えば局面で次の一手を考える場に相当します。

　それは気候変動など、未来と過去が非対称的な事象の解明と共に、ロボット工学の道を開き、さらにはシミュレーション（確率的な方法）に数学的証明と物理学的実験に並ぶ科学的方法論としての道を開くことになります。

　これは人の行動の中に（あるいは自然界の現象の中にさえ）過去からの必然性を越えた目的意識が作用する機構が存在していることに気づいたことです。そしてフィードバックは過去からだけではなく未来に予想される価値さえもフィードバックされる機構として人工知能の概念が生まれます。

　まさに人工知能は人知を超え、神の一手を知っているのではないかと思わせるものがあります。果たして意味はコンピュータの上に宿ることができるのか、改めて私達に問いかけます。

　般若心経は問いかけます、識即是空・空即是式と。空を三蔵法師の中に目覚めた問題意識とし、"孫悟空"をその志としました。果たしてコンピュータの上に"空と孫"は存在できるのか。西遊記は深く私達に問いかけます。

5、ゲームが表す意識の構造

　日本では囲碁・将棋として並列的に語られますがかなり違ったゲームです。囲碁は歴史的には中国・朝鮮半島・日本に閉じられ、西方に行くことはありませんでした。一方将棋類は世界に広がり、いろいろな種類があることが知られています。麻雀は古くからあるトランプのようなカードゲームが発達したものです。これらのゲームは歴史学としていろいろ詮索されていますが、互いに深い構造的な関係にあることはほとんど議論されてきませんでした。

　将棋類を調べると、チャトランガ・チェスいわゆるヨーロッパ語圏のゲームは駒が形象を表し、駒の働きが幾何学的な構造を持ち、2のn乗の数理を持ちます。

　それに対して、将棋や象棋は形象に幾何学模様を持ち、駒はことばに変わっています。駒の働きは数論的な構造を持ち、心的な飛躍の要素が強く表れるようになり、構造的には2と3の混合（5や6）が表れます。

　それをカードゲームと比較すると、カードゲームはランダムな状態を作り、それを整理するゲーム、将棋類は整然と駒を並べ、戦うにつれて乱れていくゲームであることに気づきます。ちょうど、おじいさんの柴・エネルギーが持つエントロピーとおばあさんの洗濯の関係であることに気づきましょう。

　そこに囲碁を重ねると次に示すような意識の構造が表れるのです。

第 14 章　共時的な世界

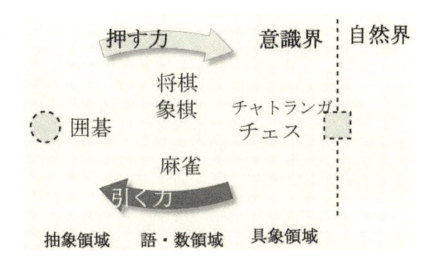

　こうして、囲碁を位置づけして見ると、西遊記はこの現実界から末那識・阿頼耶識への旅として、チェスから将棋・麻雀を越えて囲碁の世界へ到着する物語であることが見えてきましょう。
　囲碁は西遊記が語る共時的な世界を形取ったゲームであるのです。

6、改めて囲碁を考えると

　孫の名は下のような十字形、これを東洋では五と読むと述べてきました。この形は碁盤場の石の形でもあります。碁盤場の石は五と孫が集合したフラクタルな構造であり、ニコ毛を吹くと70匹や110匹の悟空が表れますが、まことに碁盤場の石は悟空を表します。

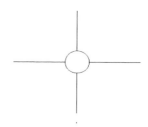

　この形は易の基本構造を表し、時空が一点に集まる太極図を表しているのではないかともしました。
　また、孫悟空はしばしば内卦として妖怪の腹中に入りますが、それは悟空が名もしくは数詞ではないかともしました。
　このような観点から囲碁につく別名を見ると、まことに深いものがあります。
　欄柯→フランス語でことばのことをランガージュあるいはラングと云います。
　座隠→ドイツ語でザインは存在、あるいは、あるがまま在るとの意です。
　烏鷺→有路：石には機能がなく共時的な関係でつながります。
　手談→対話の相手は観音菩薩でしょうか。神の手を求めるとき碁敵は牛魔一族であるのかもしれません。
　囲碁を意味のゲームとして"意味あるところを打ち尽くす"ことに求めましたが、囲碁は孫悟空がなにものか、また欄柯・座隠・烏鷺・手談の別名をとおして意味そのものが何かを表しているのです。
　言語学では音韻論・統語論・意味論に分けて議論されます。音韻論

は多くの研究があり、特にヨーロッパ言語については相当な進展を見ています。統語論についてはチョムスキーの生成文法があります。

意味論だけはソシュールの一般言語学講義のところで止まったままになっているようです。

囲碁と西遊記はこの"意味論"を孫悟空の活躍劇として語り続けているように思えます。まことに囲碁は禅僧の修行にも似た不立文字の世界を旅する物語です。

著者略歴

永松　憲一（ながまつ・けんいち）

1943 年生まれ　81 歳
情報論を基礎にゲームの構造に関心を持ち研究。西遊記が良く似た数理を持つことに気付き、西遊記を読み込み人の意識を反映した物語として構造的な分析を試みる。

著書
「麻雀の原理を探る」2001 年　星雲社
「囲碁はなぜ交点に石を置くのか―囲碁学への招待」2002 年　新風舎
「将棋の駒はなぜ五角形なのか―西遊記で解く将棋の謎」2003 年　新風舎
「囲碁・将棋・麻雀と西遊記が語る意識の構造」2018 年　東洋出版

囲碁が象る「西遊記」
不立文字の世界をゲームと数学で読み解く

2025 年 2 月 28 日発行　　　著　者　永 松 憲 一
　　　　　　　　　　　　　　発行者　向 田 翔 一

発行所　株式会社 22 世紀アート
　　　　〒103-0007
　　　　東京都中央区日本橋浜町 3-23-1-5F
　　　　電話　03-5941-9774
　　　　Email: info@22art.net　ホームページ: www.22art.net

発売元　株式会社日興企画
　　　　〒104-0032
　　　　東京都中央区八丁堀 4-11-10 第 2SS ビル 6F
　　　　電話　03-6262-8127
　　　　Email: support@nikko-kikaku.com
　　　　ホームページ: https://nikko-kikaku.com/

印刷
製本　　株式会社 PUBFUN

ISBN: 978-4-88877-322-5

© 永松憲一 2025, printed in Japan
本書は著作権上の保護を受けています。
本書の一部または全部について無断で複写することを禁じます。
乱丁・落丁本はお取り替えいたします。